Monika Lautner

Die versteinerten Säulen

Widmung

Dieses Buch ist meinen drei jüngeren Geschwistern
Stefan, Birgit und Claudia
gewidmet.
Bewahrt euch eure wundervolle
Herzlichkeit, Hilfsbereitschaft und euren tollen Humor.

Viel Freude beim Lesen.

Bibliografische Information der Deutschen Nationalbibliothek:
Die Deutsche Nationalbibliothek verzeichnet diese Publikation
in der Deutschen Nationalbibliografie; detaillierte bibliografische
Daten sind im Internet über www.dnb.de abrufbar.

Herstellung und Verlag:
BoD – Books on Demand, Norderstedt
Coverbild: www.fotolia.de / dreamstime.com
© robsonphoto/Unholyvoult, Andrey Kiselev
ISBN: 9-783744812429

1

Königin Layla stand am Fenster und erinnerte sich mit Wehmut an die große Zerstörung zurück. Die Quelle aller Magie war damals versiegt und mit der Hilfe des Blutes ihrer Tochter Isia wieder aktiviert worden oder besser gesagt, nur zum Teil aktiviert worden.

Seither war nur wenig Zeit vergangen. Isia war zu einer jungen, wunderschönen Frau herangewachsen, deren blauen Augen magisch wirkten. Sie war fast gleich alt wie ihr Bruder Jess-K, der durch seine Lockenpracht auffiel. Layla hatte das Gefühl, dass sich die beiden nicht mehr so gut verstanden wie früher, speziell in den letzten Tagen spürte sie wachsende Spannungen. Jess-K zog sich des Öfteren zurück und suchte den Kontakt zu anderen Jugendlichen. Er wusste, dass Isia ein größeres und mächtigeres Schicksal ereilte als das Seine. Doch für Jess-K war ebenfalls ein mächtiges Schicksal bestimmt. Er würde eines Tages der König dieses Landes werden.

Layla hatte nun selbst einen Mann an ihrer Seite. Mit Maximilian war sie so glücklich, wie schon lange nicht mehr. Er stammte aus einer anderen Zeit, in der es Hohepriester und Drachen gab. Einer Welt, die dem Untergang geweiht war. Maximilian rettete sich durch ein Zeitportal, auch „Vorhang der Zeit" genannt, in diese Welt, um mit Layla zusammen zu sein.

Layla wollte in den nächsten Tagen die Druiden besuchen. Sie ging in Jess-Ks Zimmer, der auf dem Bett lag und ein Buch mit dem Titel: „Die verborgenen Schriften" las. Es regnete draußen und Jess-K hatte keine Lust, Zeit mit seiner Schwester zu verbringen. Layla setzte sich zu ihm und streifte durch sein lockiges Haar. „Was liest du gerade?", fragte sie aufmerksam. „Es ist die Geschichte eines Königs, der von einer Hexe verdammt wurde." „Das klingt sehr spannend", erwiderte Layla. „Ja, das ist es auch." Jess-K legte das Buch zur Seite und blickte seine Mutter fragend an. Sie legte ihre Hand auf die seine. „Ich werde übermorgen zu den Druiden reiten und ich möchte, dass du mich begleitest." „Wozu?", schoss es sogleich aus Jess-Ks Mund. „Nimm Maximilian mit. Seit er hier ist, ist er ja kaum von deiner Seite gerückt." Dabei zuckte er kurz zusammen, weil er selbst merkte, wie unhöflich er klang. Layla hörte das Missfallen in seiner Stimme. Sie hatte das Gefühl, dass Jess-K sich sehr gut mit Maximilian verstand. „Er wird niemals deinen Vater ersetzen, Jess-K. Aber er macht mich sehr glücklich." Jess-K spürte einen Stich in seiner Brust. Er freute sich, dass seine Mutter jemanden gefunden hatte, doch er hatte das Gefühl, dass Isia Maximilian viel näher stand. „Maximilian geht morgen auf die Jagd. Möchtest du vielleicht mit ihm gehen?", fragte Layla aufmunternd. Jess-K lächelte, denn er liebte die Jagd. „Ich brauche doch jemanden, der auf Maximilian aufpasst, dass er keine Dummheiten macht." Sie zwinkerte Jess-K zu, stand auf und ging zur Tür. „Mutter", rief Jess-K. „Ich komme gerne mit zu den Druiden", sprach er. Layla freute sich und verließ den Raum.

2

Am nächsten Morgen in aller Frühe weckte Maximilian Jess-K und sie ritten gemeinsam mit einigen Soldaten in den Wald. Durch den Regen der letzten Tage war es noch feucht und frisch. An einigen Stellen herrschte dichter Nebel. Nur vereinzelt drangen erste Sonnenstrahlen hindurch. „Es wird ein herrlicher Tag werden", zwinkerte Maximilian Jess-K zu. „Wie sollen wir es anstellen? Mit Magie oder mit Pfeil und Bogen?", fragte Maximilian. „Kannst du denn mit Pfeil und Bogen umgehen?", wollte Jess-K lächelnd wissen, der wusste, dass Maximilian aus einer Zeit stammte, in der er ein mächtiger Magier war. „Nicht wirklich", schmunzelte Maximilian. „Doch ich lerne schnell" und er grinste. „Ich werde dir zeigen, wie man mit Pfeil und Bogen schießt, wenn du mir dafür zeigst, wie man mit Magie jagt", entgegnete Jess-K. „Das nenne ich einen Deal" und er reichte Jess-K seine Hand, der sogleich einschlug.

Maximilian freute sich, dass er diesen Tag mit Jess-K verbringen konnte. Er hatte schon das bedrückende Gefühl, dass Jess-K seine Gegenwart mied. Es war eine gute Möglichkeit, sich näher zu kommen. Immerhin möchte er sein Leben mit Layla und ihren Kindern verbringen.

3

Zur gleichen Zeit in Higesta traf Arow im Schloss ein. Er sah sehr traurig aus. Layla ging auf ihn zu und legte ihre Hand auf seine Wange. „Was ist passiert?" „Meine Frau hat mich verlassen." „Was?", fragte Layla ungläubig. Die beiden schienen das perfekte Paar zu sein. „Sie kommt nicht damit klar, dass ich magische Fähigkeiten habe und sie nicht." Eine Träne rann seine Wangen hinunter. Dann umarmten sich die beiden. Dies musste ein tiefer Schock für Arow sein. Zuerst musste er als Hüter des Drachens Kiron, der ihr Land beschützte, erleben, dass dieser weiter schlief, obwohl die Magie wieder aktiviert wurde. Der Drache würde erst erwachen, wenn die Magie allen wieder zur Verfügung steht. Zusätzlich der Verlust seiner Frau. Nach einer Weile lösten sie ihre Umarmung. „Kann ich eine Weile hier bleiben?", wollte er wissen. „Natürlich." Layla fühlte den Schmerz von Arow, doch im Moment konnte sie nichts für ihn tun.

4

Währenddessen zog Maximilian im Wald seinen Bogen, legte einen Pfeil an, hielt seine Luft an und schoss. Der Pfeil flog hoch durch die Luft und blieb weit neben dem Reh im Boden stecken. Dieses schreckte hoch und verschwand schnurstracks im Wald. Jess-K krümmte sich vor Lachen und die Soldaten, welche hinter ihm auf den Pferden saßen, schmunzelten. „Wir sollten vielleicht in den nächsten Tagen im Schlossgarten etwas üben", meinte Jess-K schelmisch grinsend. Maximilian stimmte humorvoll zu. „Gute Idee." Dann machten sie sich auf den Weg weiter in den Wald hinein. Es war der Wald von Kanan.

Kurze Zeit später entdeckten sie einen Hasen, der in einem Gebüsch verschwand. „Möchtest du es mit Magie versuchen?", fragte Maximilian und Jess-K nickte entschlossen. „Zajp. Wodl. Wlow", sprach Jess-K und hob seine rechte Hand. Das Gebüsch bewegte sich, als wäre ein starker Windstoß hindurchgefegt, ansonsten rührte sich nichts.

Jess-K sprang vom Pferd und schlich sich vorsichtig zum Gebüsch. Er zog die Äste zur Seite, doch von dem Hasen keine Spur. Die Soldaten lachten und rissen Witze. Jess-K wollte aufstehen, als ein Glitzern zwischen den Bäumen seine Aufmerksamkeit erregte. Kurzerhand kniff er seine Augen zusammen. Er war sich nicht sicher, ob es sich nicht nur um eine Spiegelung der Sonne handelte. Langsam ging er um das Gebüsch und trat durch dichteres Gestrüpp hindurch. Maximilian schnippte mit seiner Hand und einer der Soldaten sprang vom Pferd, um sich um die Pferde zu kümmern, während Maximilian Jess-K folgte. Er beeilte sich, denn Jess-K war bereits außer Sichtweite.

Jess-K trat ans Ufer eines Sees heran und traute seinen Augen nicht. Er blickte auf einen Wasserfall und tausende Wasserblasen tanzten vor ihm auf und ab. Ein wunderbares Summen ging von ihnen aus. Maximilian kam durch das Gebüsch hinter Jess-K hervor und blieb ebenfalls staunend stehen. Dann fragte Jess-K neugierig: „Was ist das hier?" Eine der Wasserblasen trat hervor, in der sich das Sonnenlicht spiegelte. „Wir zeigen uns Euch, um Euch auf Eure nächste Prüfung vorzubereiten" „Prüfung?", platzte es gleichzeitig aus Maximilian und Jess-K heraus. „Die Magie wurde zwar aktiviert, doch jetzt ist es Zeit, Euch als würdig zu erweisen." „Ich dachte, das wären wir." Alle Wasserblasen flogen gleichzeitig nach rechts und links und gaben ihnen ein deutliches „Nein." „Jeder dessen Magie aktiviert wurde, wird eine Prüfung oder Aufgabe zu erfüllen haben."

Dann gingen die Wasserblasen zur Seite und eröffneten damit einen Weg in der Mitte des kleinen Sees hin zum Wasserfall. Ein schmaler Holzsteg erschien auf dem Wasser. „Kommt", sprach eine Wasserblase und vorsichtig trat Jess-K auf den Steg. Etwas verwundert blickte er zu Maximilian. Dieser nickte und folgte dicht hinter ihm. Kurz vor dem Wasserfall blieben sie stehen. „Geht hinein", summten die Wasserblasen im Chor und beide traten durch den Wasserfall, dessen Wasser sanft auf sie hinab prasselte. Dann waren sie verschwunden.

Die Soldaten im Wald wurden unruhig und zwei von ihnen gingen durchs Gebüsch, um nach Maximilian und Jess-K zu suchen. Sie konnten jedoch nur einen Wasserfall sehen und Spuren, welche zum Wasser führten, jedoch keine vom Wasser fort. Von den Wasserblasen war ebenfalls nichts mehr zu sehen. „Meinst du, sie sind ins Wasser gegangen?", fragte einer der Männer. „Ich weiß es nicht." „Maximilian?", rief einer von ihnen. Keine Antwort. „Gib einem der Männer Bescheid, dass er zum Schloss zurückkehren soll und die Königin informiert. Wir werden hierbleiben und weiter nach ihnen suchen." Ein Soldat machte sich auf den Rückweg, während der andere auf die Spuren, die zum Wasser führte, starrte.

Währenddessen. Maximilian sah auf einen aufleuchtenden Kristall in der Mitte einer Höhle. Rundherum war es dunkel und feucht. Nur das Licht in der Mitte blitzte rhythmisch auf. Es gab dieses wunderbare Summen von sich, wie sie es vorhin von den Wasserblasen gehört hatten. „Kannst du das auch fühlen?", fragte Jess-K. Maximilian schaute ihn fragend an. „Was meinst du?" „Fühlst du es nicht?", doch Maximilian schien nicht zu wissen, wovon er sprach. „Die Schwingung. Es ist die Schwingung in diesem Raum und sie führt nicht zum Kristall." Jess-K ging vorwärts, am Kristall vorbei zur hinteren Wand. „Sie zieht nach hinten in die Höhle hinein." In dem Moment, wo der Kristall wieder aufblitzte, war die Höhle für einen Moment hell erleuchtet. Sie war nicht groß und es sah nicht aus, als führte ein Weg hinten hinaus. Doch Jess-K folgte aufgeregt etwas, das Maximilian nicht spüren oder sehen konnte. Dies beunruhigte ihn und er zog kurzerhand sein Schwert. In diesem Moment erschienen einige Wasserblasen in der Höhle und hüllten Maximilians Schwert komplett ein, sodass er gezwungen war, es loszulassen. Er sah wie sein Schwert zur Seite der Höhle schwebte und durch die hintere Wand verschwand. Maximilian traute seinen Augen nicht. Jess-K folgte rasch dem Schwert und als er an der Wand angelangt war, hob er seine Hand und wollte sie auf die kalte Felswand legen, als er überraschend nach vorne kippte, geradewegs durch die Wand hindurch. Fasziniert und ohne sich umzublicken, ging er weiter und verschwand ebenfalls.

Maximilian folgte ihm, doch anstatt durch die Wand zu gelangen, rannte er geradewegs hinein. Ein Schmerzensschrei erklang. Maximilian stolperte rückwärts und griff sich an seine blutende Nase. Als er bemerkte, dass er gegen den Kristall gestoßen war, drehte er sich um. Erschrocken sah er sich einer Front aus Wasserblasen gegenüber. „Habt keine Angst. Jess-K wird bald wieder zurück sein. Wartet hier." Im nächsten Moment waren die Wasserblasen mit einem Blopp verschwunden. Maximilian nahm seine Hand von der Nase und sah das Blut im Licht des pulsierenden Kristalls, doch in diesem Moment sah er noch etwas anderes. Ein Schlangenkopf aus Licht bewegte sich aus seiner Hand heraus. Er hatte eine solche Schlange in seiner Welt bekommen, als er zum Beschützer ernannt wurde, doch nun befand er sich nicht mehr in seiner Welt. „Weshalb reagierte die Schlange auf diesen Kristall?" „Hallo", rief er. Doch die Wasserblasen meldeten sich nicht. Er hatte somit keine Wahl als abzuwarten.

5

Währenddessen erschien ein Soldat aufgebracht im Schloss bei Layla. „Sie sind verschwunden." „Was meint Ihr mit verschwunden?", wollte Layla wissen. In diesem Moment betrat auch Arow den Thronsaal. Layla blickte nur kurz auf und konzentrierte sich wieder auf den Soldaten. „Sie sind durch dichtes Gebüsch zu einem Wasserfall gegangen und nicht mehr zurückgekehrt." „Sattelt die Pferde und ruft das Heer zusammen. Wir werden uns gleich auf die Suche machen." Der Mann nickte und verließ den Raum. Layla trat rasch an Arow heran. „Möchtest du mitkommen?", fragte sie ihn und dieser bejahte.

Kurz darauf saßen sie auf ihren Pferden. Gefolgt von einer kleinen Armee, ritten sie in den Wald hinein.

6

Zur gleichen Zeit befand sich Jess-K plötzlich inmitten eines riesigen Palastes. Er blickte zurück in Erwartung, dass Maximilian auftauchen würde, stattdessen entdeckte er die Wasserblasen, welche Maximilians Schwert davon trugen. „Wo sie es wohl hinbringen?", fragte er sich.

Der Palast schimmerte in einem glitzernden Weiß. So auch die Wendeltreppe, die vor ihm lag. Bei jedem Schritt gaben die Stufen einen summenden Ton von sich. Dadurch spielten sie eine herrliche Melodie. Jess-K blieb mitten auf den Stufen stehen und ging einige Schritte zurück. Er hörte, dass die Melodie dadurch nicht zusammenpasste. Die restlichen Stufen hinauf gehend, genoss er die liebliche und beruhigende Melodie.

Strahlend kam er oben an. Vor ihm lag ein langer Gang und er konnte für einen Moment Maximilians Schwert am Ende des Ganges sehen, bevor es aus seinem Blickfeld verschwand. Rasch ging er den Gang hinunter. Dabei befanden sich links und rechts unzählige Säulen. Am Ende angekommen, ging er nach rechts und gelangte zur Tür, die in einen großen Saal mit einer schimmernden Kuppel führte.

Ein Mann mit langem weißen Bart und einer braunen Kutte trat an Jess-K heran. „Bitte, tretet ein." Jess-K wusste nicht, was er erwartet hatte, doch damit hatte er nicht gerechnet. Das Kuppeldach verschwand und vor ihm im Himmel standen drei weiße Pferde mit Reitern. Sie schienen in der Luft zu schweben, umgeben von weißen Wolken. Die Reiter selbst trugen rote Umhänge und weiße Lederkleidung mit goldenen Emblemen. Seitlich hing jeweils ein Schwert.

Der Mann mit weißem Bart neben ihm stellte sich vor. „Ich bin Amrwi und ich werde Euch Eure Aufgabe für Eure Prüfung überreichen". Der mittlere der Reiter ritt durch die Lüfte hervor. Erst jetzt sah Jess-K das goldene Horn, welches das Pferd auf seiner Stirn trug. Amrwi sah Jess-Ks Verwunderung. „Es sind magische Geschöpfe und sehr sensibel."

Der Reiter blieb vor Jess-K stehen, nahm eine Papierrolle und rollte sie auseinander. Dann las er vor. „Es ist Eure Bestimmung, König dieses Landes zu werden. Dazu müsst ihr Euch als würdig erweisen. Jetzt, da die Magie wieder aktiviert wurde, ist die Zeit gekommen. Seid ihr bereit dazu?" Jess-K schluckte. Er wusste im Moment nicht, wie ihm geschieht. „Maximilian wird der rechtmäßige König werden, sollte er meine Mutter heiraten", antwortete er zögernd. „Das wird nicht geschehen. Es ist nicht seine Bestimmung König dieses Landes zu sein. Er ist der Bewahrer seiner Welt. Er hat ein anderes Schicksal.", sprach der Mann sehr sanft und doch bestimmend. „Seid ihr bereit?" „Ja", stammelte Jess-K. „So soll es sein." Der Reiter zog ein goldenes Zepter aus der Seitentasche am Sattel des Pferdes hervor, sprang herunter und hielt es mit beiden Händen Jess-K entgegen. Dieser nahm es mit beiden Händen entgegen und verneigte sich. „Das Zepter wird Euch führen. Nur wenn Ihr Euch als würdig erweist, wird die wahre Kraft eines Königs durch Euch strömen, die es Euch ermächtigt, die Menschen zu regieren." Dann setzte der Mann sich auf sein Pferd, streifte seinen roten Umhang zur Seite und ritt zu den anderen. Wieder in Formation stehend, verneigten sie sich gemeinsam vor Jess-K und verschwanden, in dem sich ihr Bild verblasste. „Wer sind diese Reiter?", fragte Jess-K den alten Mann neben sich, doch auch dieser war verschwunden. In diesem Moment sauste Maximilians Schwert, getragen von den Wasserblasen, an ihm vorbei. Es war ein witziger Anblick. Jess-K folgte ihm den Gang hindurch, die Stufen hinunter, die dieses Mal keine Melodie spielten und trat hinter dem Schwert durch die Felswand hindurch in die Höhle. Der Kristall leuchtete auf.

Maximilian stand auf, als ihm sein Schwert herangetragen und überreicht wurde. Seine Schlange zeigte sich erneut und schlängelte sich dem Schwert hinauf und verblasste. Dann blickte er zu Jess-K, der eine Hand vor sich in der Luft hielt, als würde er etwas umgreifen. „Was ist mit deiner Hand?", fragte Maximilian. Stirnrunzelnd fragte Jess-K: „Siehst du es nicht?" „Nein, was ist es?" „Ach unwichtig." Jess-K steckte verwundert das goldene Zepter in seinen Hosenbund. „Vielleicht sollte es außer ihm keiner sehen", dachte er. „Geht es dir gut? Ich habe mir Sorgen gemacht." „Ehrlich gesagt, weiß ich nicht, wo ich war, nur dass ich eine Prüfung bestehen soll." „Was ist das für eine Prüfung?" und Jess-K zog unwissend seine Schultern hoch. „Wir werden es sicher noch früh genug erfahren", sagte Maximilian und legte seinen Arm um Jess-K. Lass uns zuerst aus dieser Höhle hinaus und dann zurückkehren.

Layla war mit Arow mittlerweile am See angekommen. Während die Soldaten den Wald durchsuchten, erschienen vor den beiden die Wasserblasen. „Wir sind auf der Suche nach Maximilian und Jess-K. Wisst ihr, wo sie sich befinden?" „Sie werden gleich zurückkehren", sangen sie.

In diesem Moment traten die beiden durch den Wasserfall heraus. Der Steg erschien über dem Wasser und sie begaben sich ans Ufer. Layla umarmte beide und blickte Jess-K tief in die Augen. Sie hatte das Gefühl, dass sich irgendetwas verändert hatte, konnte es nicht genau definieren. „Lasst uns zurückkehren.", sprach Layla.

Eine Wasserblase sauste an Arow heran. „Wir haben Euch erwartet, Arow. Bleibt hier und wir werden Euch helfen." Layla nickte Arow zu und die anderen beobachteten, wie Arow über den Steg in die Höhle hinter dem Wasserfall ging und verschwand.

„Was befindet sich hinter dem Wasserfall?", fragte Layla neugierig. Als Jess-K nicht antwortete, sprach Maximilian. „Eine Höhle mit einem leuchtenden Kristall." Er hatte gehofft, dass Jess-K begann zu erzählen, was er hinter der Höhlenwand erlebt hatte, doch dieser schwieg. Maximilian wollte ihn nicht drängen, deshalb gingen sie schweigend zu den Pferden und ritten zum Schloss zurück.

7

Am gleichen Tag versuchte Layla mehrmals von Jess-K zu erfahren, was er hinter der Höhlenwand erlebt hatte. Dieser hüllte sich nach wie vor in Schweigen. Sie bemerkte auch, dass jedes Mal, wenn Isia den Raum betrat, ein schelmisches Lächeln auf Jess-Ks Gesicht erschien und er sich an seinen Gürtel griff. Layla konnte jedoch nicht erkennen, wonach er griff. Das Zepter war sogar für sie unsichtbar. „Wir werden morgen zu den Druiden reiten", sagte sie zu Jess-K. Maximilian bleibt hier bei Isia." Jess-K akzeptierte und verließ den Raum, um einige Vorbereitungen zu treffen.

Maximilian hatte das Gespräch von einem bequemen Sessel am Ende des Raumes mit angehört. Er stand auf und trat neben Layla, die Waffen auf dem Tisch sortierte. „Hast du nicht auch ein merkwürdiges Gefühl?", sprach er sanft zu ihr. „Ja. Jedoch habe ich Jess-K schon lange nicht mehr so glücklich gesehen. Als hätte er eine Aufgabe." Dabei versank sie in Gedanken. „Was meinst du damit?" Ihr Blick fiel auf Maximilians Schwert, welches neben dem Sessel auf einem kleinen Tisch lag. „Gib mir dein Schwert", sprach Layla und blickte ihm in die Augen.

14

Maximilian zog seine Augenbrauen hoch und ging zurück, um sein Schwert zu holen. Er überreichte es Layla. Sie nahm es in beide Hände und schloss ihre Augen. „Plswo.d wosd.W odnw." Sprach sie mehrmals. Dann sah sie Bilder vom weißen Palast und den Reitern. Sie konnte jedoch nicht sehen, dass der Reiter Jess-K ein Zepter überreicht hatte. Erstaunt öffnete sie ihre Augen. „Es ist wunderschön dort. Ich habe Reiter gesehen, dessen Pferde ein goldenes Horn trugen." „Das sind Lemixe", kam es sogleich aus Maximilian heraus. „Was?" „In unserer Welt gab es nur noch wenige von ihnen. Ich habe niemals einen gesehen. Sie leben verborgen. Ihr Wesen ist absolut rein. Sie sind die Überbringer von Weisheit und Kraft. Demjenigen, dem es erlaubt ist, das goldene Horn eines Lemixs zu berühren, wird große Ehre zuteil." Layla hatte sich an den Tisch angelehnt und lauschte aufmerksam Maximilians Worten. „Es heißt weiter, dass dafür große Prüfungen zu bestehen sind und nur wenige diese Prüfung lebendig überstehen." Layla zog ihren Kopf zurück. „Glaubst du, Jess-K hat eine solche Prüfung auferlegt bekommen." Maximilian erinnerte sich an die Worte der Wasserblasen. „Ja. Die Wasserblasen haben es zu uns beiden gesagt, doch ich hatte nicht das Gefühl, dass mir eine Prüfung auferlegt wurde." „Wenn jemand eine Prüfung der Lemixe besteht, wird ihm zudem eine große Macht zuteil." „Was für eine Macht?" Doch Maximilian schüttelte seinen Kopf. „Sollen wir ihn zwingen, mit uns zu sprechen?", fragte Layla besorgt. „Ich glaube nicht, dass es unser Vertrauen in ihn stärken würde." „Es ist dieses Grinsen Isia gegenüber, welches mir Sorgen bereitet", sprach Layla betrübt. „Ich habe das Gefühl, dass er etwas im Schilde führt." „Mmh", dachte Maximilian laut nach. „Isia war ihm im Kampf fast ebenbürtig. Jetzt ist sie eine mächtige Magierin und kann Jess-K mit einem Fingerschnippen besiegen." „Was können wir also tun?", fragte Maximilian. „Wir werden ihn beobachten. Mal sehen, was uns die Reise zu den Druiden bringt." „Weshalb ist dir diese Reise so wichtig?" „Jedes magische Volk besitzt einen Stein von Sekandra. Solange dies der Fall ist, können alle drei Bewahrer sich zusammenschließen und mit Hilfe des Steins die Kraft von Isia lenken." „Ja, aber auch du bist die Bewahrerin des Steins für das magische Volk der Hewas." „Je besser unsere Beziehung zu den anderen magischen Völkern ist, desto geringer ist die Gefahr. Außerdem ist es möglich, dass ich eines Tages sterbe und dann habe ich nicht mehr die Macht einzugreifen. Ich muss sicherstellen, dass auch nach meinem Tod keine Gefahr Isia gegenüber droht." Maximilian nahm Layla in den Arm. „Ich verstehe und ich werde dich stets unterstützen." Laylas Herz hüpfte. Seit sie ihren Mann Kaylan verloren hatte, hätte sie nicht mehr gedacht, dass sie eine solche tiefe Liebe für jemanden empfinden könnte. Sie dachte daran, was Maximilian aufgegeben hatte, um hier zu sein.

Manchmal dachte Maximilian traurig an seine Welt zurück, von der er gekommen war. Sie wurde komplett zerstört, nachdem einige Selbsterwählte versuchten, dunkle Magie über ihr Land zu bringen. Maximilian war der Bewahrer des Erbes gewesen und hatte gerade noch die Flucht durch den Vorhang der Zeit geschafft. Es war ihre einzige Chance, dass er eines Tages zurückkehren könnte, um seine zerstörte Welt wieder aufzubauen. Jetzt lebte er hier, ohne seinen geliebten Drachen, den er sehr vermisste.

8

Layla machte sich am nächsten Morgen mit Jess-K auf den Weg zu den Druiden. Dabei war sie schon gespannt, was sie erwarten würde. Sie hatten einen neuen Anführer Samik, der ihr versprochen hatte, dass die Druiden wieder ihre alten Lehren leben würden, nachdem ihr ehemaliger Anführer sich dem Bösen zugewandt hatte. Sie wollte Näheres über diese Lehren erfahren.

Der Nebel hatte sich bereits gelichtet. Sonnenstrahlen drangen vereinzelt durch den dichten Wald und brachten die Tautropfen auf den Blättern zum Glitzern. Jess-K hatte seine Füße quer über den Rücken des Pferdes gelegt. Er zeigte sich stets etwas frech und zog seine Mütze herunter. Seit seiner

Kindheit trainierte er seinen Körper und sah dementsprechend muskulös aus. Zum Schock von Layla hatte sich Jess-K seine komplette Lockenpracht heruntergeschnitten. Mit seinen kurzen Haaren wirkte er wie ein Krieger und Layla machte ihm ein liebevolles Kompliment.

Zudem hatte Jess-K wieder seine Hand seitlich an seinem Gürtel. Layla hatte eine Idee. „Kdow. Wosl. Htek", flüsterte sie vor sich her. Ihre Augen blitzten kurz auf und in diesem kurzen Moment sah sie das goldene Zepter, welches Jess-K an seinem Gürtel trug. Layla blickte sogleich nach vorne, damit Jess-K ihre Überraschung nicht bemerkte. „Was hat es mit dem Zepter auf sich?", fragte sie sich leise. Sie schloss ihre Augen und nahm in Gedanken Kontakt mit Maximilian auf. Sie trafen sich im Geiste in einem kleinen gemütlichen Häuschen an einem See. Es war ihr heiliger Ort, an dem sie miteinander in Gedanken über weite Entfernung sich austauschen konnten.

Maximilian hatte sich mit Isia auf den Weg zu den Wasserblasen gemacht, um näheres über die Prüfung für ihn herauszufinden. Sie wollten zudem wissen, wo Arow sich befand, der seither spurlos verschwunden war. Er spürte, dass Layla ihn rief. Kurz blickte er zu Isia, die hinter ihm her ritt. Dann schloss auch er seine Augen, in dem Wissen, dass sein Pferd auf dem Waldweg bleiben würde.

In ihrer Gedankenwelt saßen sich beide gegenüber in gemütlichen Holzstühlen, überzogen mit dunkelrotem gezierten Stoff. Ein Feuer brannte im Kamin und Kerzen standen auf dem Tisch. Layla sprach: „Ich habe einen Sichtbarkeitszauber gesprochen und ein goldenes Zepter bei Jess-K gesehen." Maximilian, der gerade noch gemütlich im Sessel gelehnt war, setzte sich auf. „Er muss es erhalten haben, als er durch die Höhlenwand gegangen war", sprach Maximilian. „Ja. Das denke ich auch. Finde heraus, was es auf sich hat." Im nächsten Moment öffneten sowohl Maximilian als auch Layla auf ihren Pferden reitend wieder ihre Augen und ritten schweigsam weiter.

Laylas Volk wusste noch nicht, dass die Magie wieder aktiviert worden war. Es war im Moment besser so, denn viele hatten jemanden in der großen Schlacht verloren. Sie fragte sich, wie sich die Menschen als würdig erweisen könnten und wer außer ihnen noch Magie verwenden konnte.

Gemütlich ritten sie durch ein kleines Tal an einem Flusslauf entlang. Sträucher und Blumen zierten den Wegesrand. Die Luft war klar und frisch und sie atmete einige Male tief durch. „Es würde nicht mehr weit sein", dachte Layla. In diesem Moment ließ ein Geräusch sie aufschrecken. Jess-K setzte sich aufrecht in den Sattel und blickte ins Tal hinein. Ein weiteres Mal hörten sie ein Geräusch. Es klang wie ein dumpfer Schrei. Es schien sehr weit weg zu sein und vom Gebirge am Ende des Tales zu kommen. Im Galopp ritten Layla und Jess-K voran, die ohne Soldaten unterwegs waren. Sie fühlten sich mit ihrer Magie beschützt genug. Der Weg teilte sich, bevor es in den Wald hineinging. Sie blieben abrupt stehen und beide blickten zwischen beiden Wegen hin und her. Das Geräusch war jetzt lauter zu hören und Layla sprach einen Zauber: „Ksowl d. wdo." Ein kleines Licht in Form einer Kugel stieg auf. „Zeig uns den Weg", sprach Layla zum Licht. Dieses schwebte vor ihnen den rechten Waldweg entlang und die beiden folgten ihm.

9

Plötzlich hatte Layla das Gefühl, als würde ihr jemand das Herz herausreißen. Sie blieb schwer atmend stehen und griff sich an ihre Brust. Jess-K war neben ihr zum Stehen gekommen. „Was ist mit dir?", fragte er besorgt, als er ihr schmerzverzerrtes Gesicht sah. Das kleine Licht schoss zwischen den beiden hindurch, drehte während des Fluges um und setzte sich vor Jess-Ks Gesicht. „Folge mir", hörte er das Licht zirpen. Das Geräusch ertönte erneut. Jetzt klang es wie Trommelschläge. Ein kalter Schauer durchlief Jess-K und sein Pferd bewegte sich vorwärts. Obwohl er es zu stoppen versuchte, trabte es weiter.

Er blickte zurück und in diesem Moment verschwand Jess-K durch eine unsichtbare Wand zwischen majestätisch zusammengewachsenen Bäumen, die wie eine Art grün schimmerndes Tor bildeten.

Layla fiel vor lauter Schmerzen vom Pferd. Ein dumpfer Knall ertönte, als sie am Boden aufprallte. Sie blieb seitlich liegen und sprach schmerzverzerrt einen Zauber. „Wols. Ownd. Osw." Für einen kurzen Moment sah sie durch die Wand hindurch. Sie war fasziniert und trotzdem erfüllte es sie mit Schrecken. Das kleine Licht sauste vor Layla auf und ab. „Du musst ihn gehen lassen, nur dann kann er wieder zurückkehren." Das Licht verblasste und Layla stiegen Tränen in die Augen. „Es ist das Tal der gefallenen Könige. Mein Sohn wird dadurch zum Mann und zum König." Sie ließ ihren Tränen freien Lauf, denn sie wusste, dass er sich als König beweisen musste, indem er schwere Prüfungen zu meistern hatte. Laylas Schmerz ließ langsam nach.

10

Maximilian trat im Wald Kanan an den kleinen Wasserfall heran. Sofort stiegen kleinere und größere Wasserblasen empor. Ein wundervolles summendes Lied erklang. Isia sah die Wasserblasen zum ersten Mal. Sie schloss ihre Augen und das Summen drang tief in sie hinein. Es öffnete eine innere und verborgene Tür in ihr und sie erhielt eine Vision, in der sie eine mögliche Zukunft sah. Täler erblühten in den kräftigsten Farben, Frieden herrschte und Isia hatte einen wundervollen Mann an ihrer Seite. Sie sah jedoch auch, dass sie als Königin dieses Land regierte. Dann erlosch die Vision. So wundervoll diese Bilder auch waren, sollte doch ihr Bruder Jess-K das Land reagieren. „Weshalb hatte sie diese Vision erhalten?", fragte sie sich.

Maximilian rüttelte an ihrer Schulter und Isia öffnete ihre Augen. „Du warst sehr weit weg", sprach Maximilian. „Ich hatte eine Vision", antwortete Isia und blickte zu den Wasserblasen. „Könnt ihr mir sagen, was dies zu bedeuten hat?" „Die Magie wurde für Euch aktiviert, damit Ihr alle Eure Schicksale erfüllen könnt, doch die Magie wurde Euch nicht geschenkt. Sie wurde gekoppelt an Euer Leben." „Obwohl diese Worte nichts Gutes zu bedeuten hatten, summten die Wasserblasen es so, als wäre es das schönste Lied dieser Welt. Sie waren von solcher Reinheit, dass sie den Untergang dieser Welt voraussagen könnten und es würde trotzdem noch lieblich klingen.", dachte Isia.

„Was bedeutet es, dass mein Leben an die Magie gekoppelt ist?", fragte Isia verwirrt. „Habe ich mich nicht schon oft genug bewiesen?" Maximilian drehte sich zu ihr. „Du wirst mit deiner Macht schwierige Entscheidungen treffen müssen und nicht immer wird jemand an deiner Seite sein, der dich darin unterstützt", sprach er. „Solltest du oder einer von uns sich gegen das entscheiden, wofür wir da sind, werden wir." Er stoppte kurz und schluckte: „sterben", ergänzte er. „Heißt das, wir können nur noch handeln, wie es für uns vorgesehen ist?" „Das heißt, dass du das Gute über das Böse stellst. Es heißt auch, dass du das Wohl des Ganzen über dein eigenes Wohl stellst." „Und was, wenn mich das Wohl aller unglücklich macht? Würde es nicht allen besser gehen, wenn es mir selbst gut geht?", fragte Isia. „Wir verstehen Eure Sorgen, Isia", summten die Wasserblasen. „Doch jemand, der die Macht hat alle Menschen zu vernichten, sollte lernen Weise mit dieser Macht umzugehen." „Das werde ich", erwiderte Isia bestimmt. „Dann gibt es nichts worüber Ihr Euch Sorgen machen müsstest." Maximilian versuchte ihr aufmunternd zuzunicken, doch Isia schüttelte den Kopf. „Mein Bruder ist dazu bestimmt, der König dieses Landes zu werden, weshalb sehe ich mich als Königin in meiner Vision?" In diesem Moment trat Maximilian einen Schritt zurück. „Es ist nicht dein Schicksal!", sagte Maximilian aufgeregt. Die Wasserblasen schwebten langsam wieder ins Wasser zurück. „Eine Vision zeigt immer nur einen tief vergrabenen Wunsch." Und die Wasserblasen verschwanden. Maximilian brauchte einen Moment, dann hob er seine Hand und schrie: „Halt!" zu den

Wasserblasen. „Wir wollen wissen, wo Arow sich befindet?"
Doch das Wasser blieb ruhig und Sonnenstrahlen sorgten für
eine glitzernde Oberfläche.

Isia starrte aufs Wasser. „Ich wusste nicht, dass ich
diesen Wunsch hege." Maximilian rieb sich seine Nase. Es gab
nicht viele Situationen, die ihm unangenehm waren, doch diese
war eine davon. „All die Jahre habe ich dich aufgenommen und
wir haben dich zur mächtigsten Magierin ausgebildet, damit du
dein Schicksal erfüllen kannst und du trachtest nach dem Thron
deines Bruders?" Er schaute ihr dabei tief in die Augen. Isia
konnte sehen, wie verletzt Maximilian war. Er wandte seinen
Blick von ihr ab und ging durch die Bäume hindurch zurück zu
den Pferden.

Isia blieb wie angewurzelt stehen. Sie konnte nicht
glauben, was gerade geschehen war. Auf ihren Schultern lastete
das Wohl aller. Dem nicht genug, empfand sie ihre Magie
manchmal nicht als Segen, sondern als Fluch. Dies war ein
solcher Moment und sie wünschte sich, einfach wieder ein ganz
normales Mädchen zu sein, das zu einer normalen Frau
heranwuchs. Sie wünschte sich, von dieser Bürde befreit zu
werden. Sie wollte ein ganz normales Leben führen, in dem sie
einen wundervollen Mann an ihrer Seite hatte und eine Familie
gründete.

In diesem Moment öffnete sich ein Tor im Wasserfall
und das Wasser verfärbte sich golden. Ein Pfeil schoss heraus
und traf Isia mitten ins Herz. Er bohrte sich tief hinein. Isia sah
verwundert und regungslos auf den Pfeil in ihrer Brust, denn sie
spürte keinen Schmerz. Deshalb zog sie ihn heraus und
betrachtete ihn fasziniert. Der Pfeil saugte die gesamte Magie aus
Isia heraus. Dann öffnete sie ihre Hand und der Pfeil schoss von
allein zurück durchs Tor im goldenen Wasserfall, welches
sogleich verschwand. Isias Wunde im Herz schloss sich und sie
sackte zusammen.

In diesem Moment war Maximilian zurückgekommen,
um nach Isia zu sehen. Er erschrak und kniete neben sie. Eine
große Wasserblase löste sich aus dem Wasser, schwebte über
Isias Kopf und zerplatzte. Wasser spritzte in ihr Gesicht.

Hustend öffnete sie wieder ihre Augen und Maximilian streichelte über ihre Haare und ihr Gesicht. „Es tut mir leid, dass ich so streng zu dir war. Bitte verzeih mir." Isia lächelte und nickte. Sie setzte sich auf und Maximilian trug sie zu ihrem Pferd. Obwohl Isia das Gefühl hatte, dass ihr übel war, hatte sie dennoch das Gefühl, von einer großen Last befreit worden zu sein. Sie öffnete einen Knopf ihrer Bluse und griff sich an ihr Herz, während Maximilian auf sein Pferd aufstieg. „Ist auch wirklich alles in Ordnung", fragte Maximilian. Isia rieb mit dem Finger über die Stelle. Außer einer kleinen Narbe war nichts zu sehen. „Ja", stammelte sie und sie ritten zurück ins Schloss.

11

Layla versuchte durch die unsichtbare Wand zwischen den majestätischen Bäumen zu Jess-K zu gelangen, doch was sie auch probierte, es funktionierte nicht. Deshalb entschied sie sich zu den Druiden zu reiten. Es war nicht mehr weit und vielleicht konnten die Druiden ihr Antworten geben.

12

Jess-Ks goldenes Zepter leuchtete auf, als er den Schleier durchquert hatte und ins Tal der Könige ritt. Über einen Holzsteg, der durch eine breite Schlucht führte, ging es seitlich tief nach unten. Der Steg wackelte. Die einzelnen Bretter waren mit Stricken befestigt und teilweise schon abgebrochen. Jess-K stieg vorsichtig vom Pferd ab, um zu Fuß weiter zu gehen. Er nahm die Zügel in die Hand und hielt sich mit der anderen am Geländer fest, denn die Gefahr vom Holzsteg abzustürzen war zu groß.

Etwas seitlich entfernt zogen sich auf beiden Seiten Felswände senkrecht empor. In ihnen befanden sich mehrere

Höhlen, an denen Könige saßen und trommelten. Sie läuteten damit die Prüfung für Jess-K ein. Es war Zeit sich als König würdig zu erweisen. Dies war eine gefährliche Reise für einen solch jungen König wie Jess-K, doch seine Zeit war gekommen. Er musste diese Reise alleine antreten. Trotzdem hatte er jemanden, der über ihn wachte. Es war Arow, der an einem der Höhleneingänge saß, gekleidet in Königstracht, damit Jess-K ihn nicht erkannte. Er beobachtete, wie der junge König mit den Zügeln in seinen Händen den wackeligen Steg entlang ging. Es gab keine Möglichkeit für Jess-K, das Pferd zurückzulassen. Behutsam führte er es Schritt für Schritt über den Steg. Dabei war sein Blick auf beide Seiten ausgerichtet. Er sah die Könige in ihren verschiedenen Trachten auf ihren Thronstühlen sitzend. Sie trommelten im gleichen Takt und strahlten, als wären sie wirklich am Leben, doch diese Könige waren im Grunde schon lange tot. Der Steg führte soweit das Auge reichte in die Schlucht hinein und es gab keine Möglichkeit den Weg zu verlassen. Jess-K kannte seine Prüfung nicht und er wusste nicht, was ihn erwarten würde. Doch er ging mit voller Zuversicht voran, denn er hatte keine Angst vor dem Tod. Er hatte das Gefühl unbezwingbar zu sein, doch dies würde sich bald ändern.

13

Layla war endlich bei den Druiden am Fuße des Berges angekommen. Sie stieg ab und ging hastig durch den verwachsenen Torbogen hindurch, der sie durch einen Tunnel auf die andere Seite des Berges führte. Dort angekommen, wurde sie bereits erwartet.

Ein Druide in weißem Gewand wies ihr mit einer freundlichen Geste den Weg, jedoch blieb Layla stehen und blickte ins Tal hinab. Sie waren umgeben von einer Bergkette, wie in einem Kessel, dessen einziger Zugang dieser Tunnel war. In der Mitte des Tales stieg Dampf auf. Der Druide trat an sie heran und erklärte ihr, dass sie sich im Krater eines Vulkanes befanden, der schon seit langem nicht mehr aktiv war. Der Dampf in der Mitte stieg von der Hitze aus den Tiefen des Vulkanes auf und erhitzte einen kleinen Teich. Sie nutzten das Wasser zum Kochen.

Mittlerweile befanden sie sich auf einem seitlichen Pfad den Berg hinunter. „Wir freuen uns, dass Ihr uns besucht. Das Volk der Druiden steht hinter Samik, dem neuen Anführer der Druiden", erklärte der Druide. „Das Volk hat das Gefühl, endlich wieder frei zu sein. Auch, wenn die Magie nicht für alle aktiviert wurde" und zwinkerte ihr dabei zu. Layla blickte ihn fragend an. „Nein, ich bin nicht unter den Auserwählten. Es ist nur eine Handvoll. Darunter ist Samik und einige Gelehrte der alten Magie." Er gab Layla damit zu verstehen, dass es für das Volk der Druiden in Ordnung war und Layla schien sichtlich erleichtert.

Kurz darauf wurde sie gebührend vom Anführer Samik empfangen, welcher sie zu einer Aussichtsplattform brachte. Bäume zierten den hinteren Bereich und eine gemütliche Bank aus Holz gab ihnen einen herrlichen Ausblick über das Tal. „Es ist wunderschön hier." Samik nickte „Ich habe immer geglaubt, dass ihr in verborgenen Höhlen in den Bergen lebt." „Manche von uns tun dies auch. Jedoch versuchen wir diesen Ort" und er machte eine Handbewegung ins Tal, „von der Außenwelt geheim zu halten. Je weniger von ihm Wissen, desto besser." „Wie hat euer Volk reagiert, als Ihr der neue Anführer wurdet?" Samik grinste „Meine Leute kennen die Geschichte nicht, dass Eure Tochter Isia unseren vorherigen Anführer Artuk getötet hat, um die Quelle der Magie wieder aktivieren zu können. Wir wollten kein schlechtes Licht auf Artuk werfen. Wir haben ihm eine ehrenvolle Zeremonie gegeben." Dabei nickte er einige Male. Layla war beeindruckt von Samik. Er hätte Artuk genauso gut als Märtyrer hinstellen können, doch er hat es nicht getan. „Wichtig ist jetzt nur, die Magie wieder für das Gute zu verwenden, damit ein solches Ereignis nicht wieder passieren kann." „Der Druide, der mich begrüßt hat, hat mir erzählt, dass es einige unter euch gibt, welche die Magie wieder nutzen können." Samik öffnete seine Hand und eine kleine Lichtkugel erschien. Sie dehnte sich aus und lebensgroße Gestalten erschienen vor Layla und Samik. Dies sind all jene, welche die Magie benutzen können. Die beiden zu deiner rechten sind Gelehrte der alten Magie. Sie haben sich niemals vom Guten abgewendet. Artuk hatte sie damals sogar einsperren lassen, aus Angst, sie würden ihn aufhalten wollen. Die beiden wurden ausgebildet um eines Tages die Magie der Lemixe nutzen zu können, um dadurch die Kraft der Magie zu verstärken." Layla sah die beiden Männer an. Sie waren bereits sehr alt und einer von ihnen hatte einen Stock. „Die anderen beiden wurden ausgebildet, um dem Wohl aller zu dienen." Es handelte sich um eine Frau und einen Mann, die noch sehr jung wirkten. Samik bemerkte Laylas Überraschung und sprach: „Die beiden sind durch ein Band miteinander verbunden. Sie haben eine gemeinsame Aufgabe und wir können sicher noch Großes von ihnen erwarten." Die Bilder verschwanden wieder in der Lichtkugel, dessen Licht langsam verblasste. „Und dann natürlich noch meine Wenigkeit", betonte Samik lächelnd, der durch seine dünne Statur und faltigem Gesicht sehr zerbrechlich wirkte. Layla konnte die Frage nicht zurückhalten. „Nur für diejenigen, welche für Isias Schicksal wichtig sind, wurde die Magie wieder aktiviert. Was glaubt ihr, weshalb gerade diese fünf auserwählt wurden?" „Das ist eine sehr weise Frage, Layla. Und so gern ich sie auch beantworten würde, ich weiß es nicht." Dabei schüttelte er sanft den Kopf. Layla starrte in den Boden. „Was bedrückt Euch wirklich?", fragte Samik sanft und berührte dabei ihren Unterarm. „Ich war mit Jess-K auf den Weg zu Euch, als er durch eine unsichtbare Wand im Wald gezogen wurde. Ich habe einen Zauber gesprochen und konnte dabei ins Tal der Könige sehen." „Aah", summte Samik. „Dafür ist Terdan der Richtige, um Eure Fragen zu stellen. Terdan ist der Gelehrte mit dem Stock, den ich Euch gerade gezeigt habe." Layla blickte hoffnungsvoll auf. „Sollen wir ihn aufsuchen?" „Ja, sehr gern", antwortete Layla. Die beiden standen auf und machten sich auf den Weg, auf dessen Seite Grasbüschel nach oben wuchsen, während zum Tal hin die schönsten Pflanzen und Bäume blühten.

14

Arow beobachtete, wie Jess-K mit seinem Pferd vorsichtig die wackelige Hängebrücke entlang ging, die tief in die Schlucht hineinführte. Er stand auf, drehte sich um und ging in einem versteckten Gang parallel zu Jess-K, bis er sich in eine weitere Öffnung setzte. Dabei blickte er zu den anderen Höhlen, in denen jeweils ein König saß und trommelte in einem Takt, der Stärke und Weisheit in der Schlucht wiederhallen ließ. Jess-K blickte jeden Einzelnen von ihnen an und die Könige nickten ihm stolz zu. Er spürte, dass etwas Großes auf ihn zukommen würde. Auch er würde eines Tages hier sitzen und einem jungen König seine Prüfung einläuten.

Durch ein Felsentor endete der Steg und vor ihm lag ein Innenhof, dessen Felswände aus majestätischen Felsfiguren bestanden. Könige auf ihren Pferden kamen aus den Wänden heraus. Jess-K ging zu einem und streichelte über das kalte Gestein. Sie hatten verschiedenste Waffen in ihren Händen. Einer hielt ein Schwert, ein anderer eine Axt und ein weiterer Pfeil und Bogen. Jeder von ihnen trug eine Krone, deren Farbe und Glanz Jess-K nur erahnen konnte, da alles grau erschien. Die meisten Könige schienen alt zu sein und trugen lange Bärte. Jess-K zählte zwölf dieser Figuren, von denen nur der vordere Teil der Pferde zu sehen war. Auf der anderen Seite des Innenhofes befand sich ein weiteres Tor. Als er darauf zuging, fielen die Waffen der Könige aus Stein mit einem riesen Krach auf den Boden. Jess-K erschrak und sein Pferd bäumte sich auf, so dass Jess-K rückwärts taumelte und zu Boden fiel. Schockiert blickte er nach oben direkt auf die Hufe seines Pferdes, die auf ihn herabsausten. Er drehte sich blitzschnell zur Seite, als die Hufe neben ihm aufkamen und Staub aufwirbelten. Sein Herz raste und er atmete einige Male tief durch, bevor er aufstand. Dann zog er an den Zügeln und beruhigte sein Pferd. Seinen Blick von ihm abwendend, erkannte er, dass die Waffen ihre steinerne Form verloren hatten und wie echte Waffen aussahen. Er griff an sein eigenes Schwert, das zu seiner Überraschung nicht mehr da war. Rasch griff er an das Zepter und hob es hoch. Es fühlte sich kalt an und magnetisch zog es ihn zu einer Waffe hin. Es war ein Säbel. Nachdem er das Zepter wieder weggesteckt hatte, hob er ihn auf. Er schien wie angegossen in Jess-Ks Hand zu passen und führte es einige Male durch die Luft. Es hatte zum Gegensatz zu seinem Schwert nur eine scharfe Klinge. Jess-K hob seinen Blick zum steinernen König, dessen Waffe es einst war. In diesem Moment zerfiel dieser zu Staub. Rasch trat Jess-K zurück, als die Gesteinsbrocken zerbarsten und sich dann in nichts auflösten, während die anderen Reiter alle noch am selben Platz standen, jetzt wieder mit ihren versteinerten Waffen in ihren Händen. Lediglich sein Säbel hatte sich nicht zurückverwandelt.

Arow hatte die Szene versteckt vom Tor aus beobachtet. „Jetzt wird die Prüfung beginnen", dachte er stolz.

Jess-K ritt einen Pfad entlang, beobachtet von seinem Beschützer Arow. Er kannte seinen Weg nicht und wusste nicht, wohin es ihn führen würde, doch er war voller Zuversicht.

15

Zur gleichen Zeit in einem weit entfernten Teil ihres Landes, wohnte eine Magierin namens Elilia. Verborgen inmitten eines Waldes stand eine selbst gebaute Hütte aus Ästen und Zweigen. Niemand wusste von ihrer Existenz. Mit Interesse hatte sie stets die Entwicklungen des Landes und der Magie mitverfolgt. Auch ihre Magie war aktiviert worden.
Sie war sehr zierlich und ihr langes schütteres Haar hing ihr ins Gesicht. Sie machte sich nicht viel daraus, ihr Haar zu kämmen oder sich zu waschen. Obwohl ihr Gesicht und ihre Haut schmutzig waren, strahlte sie etwas Liebliches aus. Sie war eine der 7 Säulen, welche die Magie dieses Landes im Gleichgewicht hielten. Neben ihr gab es weitere sechs Magier,

deren Magie aktiviert wurde. Sie wurden dazu berufen, über die Magie zu wachen, damit dieses Mal kein Missbrauch, wie es die Druiden damals taten, als sie die Untoten ins Leben zurückholten, passieren konnte.

„Es war ein Neuanfang, eine neue Chance für die Menschen", dachte Elilia, die einst ein Mitglied der Hewas war. Doch schon vor langer Zeit, vor der großen Schlacht, hatte sie sich auf den Weg gemacht und ihrem Volk den Rücken gekehrt. Damals hatte sie ihren Mann und ihre beiden Kinder verloren, deren Verlust sie trotz ihrer Kenntnisse der Magie und trotz der vielen helfenden Menschen um sie herum, nicht verkraftet hatte. Sie entschied sich für ein Leben in Einsamkeit. Hier lebte sie verborgen und vergessen von den Menschen, um ihren Schmerz zu bewältigen. So sehr sie sich wünschte ihren Mann und ihre Kinder mittels Magie herbeizurufen, wusste sie, dass sie damit eine Grenze überschreiten würde, von der es kein Zurück mehr gab. So lebte sie seit langer Zeit mit diesem Schmerz. Es war, als wäre der Schmerz und ihre Erinnerung an ihre Lieben, welche von Banditen niedergestochen wurden, als sie einen Ausflug in die Stadt machen wollten, verschmolzen. Die Banditen hatten magische Pfeile, deshalb hatte ihr Mann sie nicht kommen gesehen.

Elilia hoffte durch ihre neue Aufgabe als „Hüterin einer der sieben Säulen" ihren Kummer hinter sich zu lassen.

Die Säulen waren verbunden mit dem Rat der Ältesten. Auch der gefallene König Kaylan gehörte seit seinem Tod zu ihnen. Obwohl er als Ältester Layla hätte vergessen sollen, liebte er sie noch immer. Ein magischer Ring, welcher ihm von dem Ältesten Mikael auferlegt wurde, hinderte ihn daran, den Ort der Ältesten zu verlassen, um zu seiner Familie zurückzukehren. Aus Mitgefühl durfte er jedoch über „das Auge", bei dem es sich um eine Schale mit einer klaren Flüssigkeit handelte, die Entwicklung seiner Kinder beobachten. Er verbrachte viel Zeit damit, durch das Auge seinen Kindern Isia und Jess-K zuzusehen.

16

In der Zwischenzeit waren Isia und Maximilian ins Schloss zurückgekehrt. Maximilian begab sich ins Schlafzimmer, zog die unterste Schublade einer Kommode auf und holte einen versteckten Dolch hervor, welchen er aus seiner zerstörten Welt mitgebracht hatte. Dieser Dolch trägt das magische Wissen seiner Welt in sich und Maximilian wusste, dass er den Dolch in diesem Leben nur im äußersten Notfall benutzen durfte. Er war außerdem nicht sicher, was passieren würde, wenn er ihn benutzte. Er wusste jedoch, dass er nicht tatenlos herumsitzen würde, während Jess-K seine Prüfung im Tal der Könige zu bestehen hatte und Isia durch ihren unbewussten Wunsch das ganze Land in den Abgrund ziehen könnte. Layla war für ihn gedanklich nicht erreichbar, solange sie bei den Druiden war, denn ein magisches Schild schützte deren Land.

Er musste jetzt handeln. Der Dolch war verziert mit wunderschönen Steinen und einem Symbol eines Drachens. Er zog ihn aus der Scheide und tippte mit seinem Mittelfinger auf die Spitze des Dolches. Sofort rann ein Tropfen Blut über die Klinge. Maximilian schloss seine Augen und murmelte einige magischen Worte. Das Blut vibrierte und im nächsten Moment verschwand Maximilian aus dem Schlafgemach.

Zur gleichen Zeit erzitterten die 7 Säulen der Magie. Elilia schreckte auf. Ein ungutes Gefühl durchfuhr sie. Obwohl sie über die Magie wachte, war es der Drache Kiron, der die Welt der Magie beschützte. Doch solange der Drache schlief und nicht erwachte, war es notwendig durch die sieben Hüter nicht nur die Magie, sondern auch für die Sicherheit des Drachens zu sorgen. Elilia schloss ihre Augen und erhielt eine Vision. Sie sah Maximilian mit einem Dolch in der Hand, vor dem schlafenden Drachen erscheinen. Vor lauter Schreck hielt sie ihren Atem an.

17

Selbst Maximilian war erschrocken. Er hatte nicht damit gerechnet beim Drachen zu landen. „Weshalb hat mich der Dolch hierher geführt?", fragte er sich und blickte zum friedlich schlafenden Drachen Kiron. Sein blutender Finger bewegte sich wie von allein auf den Drachen zu und tippte ihm auf die Stirn. Im gleichen Moment seufzte Kiron tief. Maximilian trat zur Seite und ein weiteres Mal holte der Drache tief Luft, doch dieses Mal schnaubte er Feuer. Zuerst wusste Maximilian nicht, was es zu bedeuten hatte, bis er die Wand des Sehens vor ihm in Flammen stehen sah. Diese zeigte normalerweise die Geschehnisse des Landes in Bildern auf.

Merkwürdigerweise spürte er keine Hitze von den Flammen ausgehen. Er trat näher heran, nachdem er sichergestellt hatte, dass der Drache weiterhin schlief und kein weiteres Feuer speien würde. Die Flammen loderten bis zur Decke und nahmen die gesamte Wand ein. Mit einer Hand berührte er vorsichtig die Flammen, welche zu seinem Erstaunen kalt waren.

18

Währenddessen im Tal der Könige. Voller Zuversicht begab sich Jess-K mit seinem Pferd auf seine Reise.

Mit einem Lächeln im Gesicht trat Arow, verkleidet als ein Bettler, an ihn heran. Auch Arows Gesicht und Stimme waren verändert, so dass Jess-K ihn nicht erkennen konnte. „Bitte helft mir, werter Herr." Jess-K hatte den Bettler erst im letzten Moment gesehen, nachdem er durch den Wald hinaus auf ein Feld getreten war. Er blickte auf den Bettler. „Wobei braucht Ihr Hilfe?" Durch das hohe Gras hatte Jess-K nicht gesehen, dass der Bettler Schuhe anhatte, die abgenützt waren, dass seine Zehen hervorstanden. Blut rann über den linken Schuh oder was davon noch übrig war. Der Bettler hielt seinen verletzten Fuß Jess-K entgegen. Unter den zerrissenen Kleidern konnte Jess-K nun erkennen, dass das Bein des Bettlers gebrochen sein musste und sprang vom Pferd. „Was ist passiert?", fragte er besorgt. Verstohlen blickte der Bettler ihn an. „Bitte verzeiht, Ihr scheint ein Mann edlen Blutes zu sein", sprach der Bettler. „Ich will Euch nicht mit meinen Geschichten belasten." Während der Mann sich auf einen großen Stein setzte, holte Jess-K einen Ast und band es mit einem abgerissenen Teil seines Umhanges um das Bein des Mannes, der sichtlich große Schmerzen verspürte, jedoch seine Zähne zusammenbiss. „Wo wollt Ihr hin?", fragte Jess-K. „Ich wohne gleich hier im Wald. Es ist nicht weit. Ihr habt mir bereits sehr geholfen, werter Mann. Ich komme jetzt alleine zurecht." Jess-K ging nochmals zurück in den Wald, um einen Stock für den Mann zu suchen, an dem er sich abstützen konnte. Mit Magie hätte er dem Mann vermutlich besser geholfen. Seine Mutter hatte ihn jedoch ermahnt, keine vor fremden Menschen anzuwenden, da diese noch nicht wussten, dass die Magie wieder aktiviert worden war. Kurze Zeit später fand er einen passenden Stock und brachte ihn dem Mann. Jess-K half ihm auf und überreichte den Stock. Der Bettler bedankte sich und humpelte Richtung Wald. „Warte", sagte Jess-K und öffnete seine Satteltasche. Er nahm ein Stück Brot heraus, was er sich als Wegration zu den Druiden eingepackt hatte und hielt es dem Mann hin. „Ihr seht hungrig aus", sagte Jess-K. Dankbar nickend nahm der Bettler das Brot und humpelte in den Wald hinein. Jess-K blickte ihm hinterher, setzte sich wieder aufs Pferd und ritt los. Was er nicht mehr sah, war die Umwandlung des Bettlers in Arow, doch schon bald würde er sich erneut verwandeln.

Jess-K erreichte ein kleines Dorf am Rande eines steilen Berghanges. Die Leute hatten sich am Dorfplatz versammelt und schienen sehr aufgebracht zu sein. Er hörte, wie eine Frau die Faust erhob und schrie: „Wir müssen ihn töten. Er stielt uns unser Essen. Wir haben selbst nicht genug." In diesem Moment bemerkten die Dorfbewohner das Ankommen von Jess-K. „Was will dieser junge Bursche hier", dachte sich Qerlim, der sich selbst als hübsch und heißbegehrt bezeichnete. Qerlim sah in Jess-K einen Eindringling und Konkurrenten in seinem Revier. Die jungen Damen, welche abseits die Szene beobachteten, richteten ihre Augen auf Jess-K und tuschelten und kicherten hinter vorgehaltener Hand. Doch Jess-K hatte keine Augen für sie. Er interessierte sich dafür, was hier vor sich ging. Nachdem er vom Pferd gestiegen war, trat er an die Menge heran. Er schätzte zwanzig Leute, die sich teilten und Jess-K einen Weg in die Mitte freigaben. „Was geht hier vor?", fragte er selbstbewusst. „Was geht Euch das an?", schnauzte Qerlim, „und wer seid Ihr überhaupt?" „Mein Name ist Jess-K. Der zukünftige König dieses Landes." „Zukünftiger König? Was für ein Blödsinn. Wir haben in diesem Land gar keinen König. Was bildet Ihr Euch ein?", fauchte Qerlim. Auch die anderen sahen ihn verwundert an. Jess-K war für einen Moment irritiert. „Was ging hier vor? Vielleicht gehörte dies zu seiner Prüfung", dachte er.

„Es spielt keine Rolle, wer ich bin. Ich kann Euch helfen. Bitte sagt mir, um was es geht?" Eine Frau konnte sich nicht mehr zurückhalten." Es gibt einen Bettler, der uns noch unser letztes Essbares stiehlt", sprach sie entrüstet und eine weitere Frau mit einer Pfanne in der Hand, erzählte weiter. „Doch dieses Mal habe ich diesen Bastard am Fuß erwischt. Wenn mein Kind nicht angefangen hätte zu schreien, hätte ich ihn erschlagen." „Das nächste Mal erwischen wir ihn", meinte eine Andere.

Jess-K erinnerte sich an den Mann im Wald, dem er geholfen hatte. Erschrocken blickte er auf die Pfanne, welche ihm die Frau direkt vors Gesicht hielt. „Also sagt mir, wie wollt Ihr uns helfen?" Die Zeit schien stehen geblieben zu sein, denn Jess-K hörte sein eigenes Herz pochen.

Er trat einen Schritt zurück. „Ich werde euch helfen und komme bald wieder." Dann stieg er auf sein Pferd und ritt in den Wald zurück, von dem er gekommen war.

„Der hält doch nie, was er verspricht", sagte eine der Frauen. Qerlim hoffte dies auch und lenkte seine

Aufmerksamkeit zu den jungen Frauen, um zu schauen, welche er heute vernaschen würde.

Jess-K ritt zurück in den Wald und sprach einen Sichtbarkeitszauber, der ihm den Weg, welchen der Bettler genommen hatte, sichtbar machte. Lichtfunken erschienen auf dem Weg und er folgte ihnen zu einem unscheinbaren Versteck. Darin fand er den Bettler, auf einer Decke am Boden liegend vor. Seine Augen waren halb geöffnet. Im ersten Moment wusste er nicht, ob der Bettler schlief oder wach war. Jess-K blickte sich im Versteck umher, das aus Zweigen und Ästen bestand. Außer einem Becher und einem Schlafplatz gab es hier nichts. Der Bettler öffnete seine Augen. „Weshalb seid Ihr mir gefolgt?", fragte er. Jess-K setzte sich auf den Boden und verschränkte seine Beine. „Wie heißt Ihr?", fragte Jess-K mitfühlend. „Man nennt mich Bettler, einfach nur Bettler." „Ich war gerade im Dorf und die Menschen dort sind sehr aufgebracht. Könnt Ihr Euch vorstellen weshalb?" Ein leichtes Grinsen huschte über das Gesicht des Bettlers. „Ich versuche zu überleben", antwortete er mit schmerzverzehrter Stimme. „Weshalb interessiert es Euch, werter Herr?" Jess-K wunderte sich über die Worte, die dieser Bettler wählte, doch wichtiger für ihn war es, eine Lösung für dieses Problem zu finden. Jess-K glaubte, dass er damit seine Prüfung bestehen könne.

„Nun ja, die Dorfbewohner wollen Euch töten", sagte Jess-K. „Das versuchen sie schon seit Jahren und ich bin immer noch hier", schmunzelte der Bettler. „Ja, aber jetzt seid Ihr verletzt" und blickte auf das gebrochene Bein. „Ja, da habt Ihr wohl recht." „Weshalb lebt Ihr hier draußen?", wollte Jess-K wissen. „Es gab einst eine Zeit in der hier Frieden herrschte, doch dies ist lange her. Seit der König getötet wurde, gibt es im Königshaus nur noch Streitereien um den Thron. Dadurch hat das Volk seit Jahren keine wirkliche Führung mehr. Jeder tut, was er gerade will." Spannend lauschte Jess-K der Geschichte. Er wusste, dass das Tal der Könige ein Tal der Illusionen ist und nichts von dem hier real war. Jedoch war es für Jess-K real. Er konnte hier getötet werden, wie in einer realen Welt.

„Ich war einst ein Diener des Königs und wurde verstoßen, weil ich mich in die Nichte des Königs verliebte. Ich zog mich in ein Dorf zurück, jedoch folgten mir einige Krieger des Königs, weil der König meinen Kopf forderte. Die Krieger fielen ins Dorf ein und töteten fast alle Bewohner." Seither bin ich nicht gerne gesehen. Verwundert wollte Jess-K wissen, weshalb er denn trotzdem in der Nähe dieses Dorfes blieb und nicht einfach in einen anderen Teil des Landes ging.

„Ich wusste, dass der selbsternannte König kein weiteres Mal das gleiche Dorf angreifen würde und ich wollte die anderen Dörfer nicht gefährden." Jess-K verstand die Situation. „Dass Ihr die Dorfbewohner bestehlt, macht es jedoch nicht leichter", wandte Jess-K ein. „Nein. Ihr versteht nicht. Ich bestehle sie nicht nur. Ich baue das Dorf wieder auf. Ich schneide Bäume und bringe ihnen das Holz, lege es hinter die Hütten, damit sie im Winter Holz haben, um ein Feuer zu entzünden. Sammle Beeren und stelle sie auf den Dorfplatz." Dann schüttelte er den Kopf. „Ja, gelegentlich, wenn es wirklich nicht anders geht, nehme ich etwas Essbares mit. Speziell im Winter ist es nicht immer einfach."

Jess-K verstand. Der Bettler fühlte sich schuldig und versuchte das Geschehene wieder gut zu machen. Jess-K blieb noch eine Weile und kümmerte sich um die Verletzung, dann stieg er wieder auf sein Pferd und ritt zurück ins Dorf.

Der Abend brach herein, als Jess-K im Dorf angekommen war. Einige der Frauen rannten aus ihren Hütten, als sie ihn kommen sahen und postierten sich vor seinem Pferd. Sie wollten wissen, wie er ihnen helfen würde. Doch Jess-K schwieg und sah jeder der Frauen in die Augen. Sie waren entzückt von diesem strammen und muskulösen Burschen.

Aus einer der Hütten waren lautere Geräusche zu hören. Jess-K vermutete, dass es sich dabei um Qerlim mit einer der jungen Frauen handelte. „Ich habe eine lange Reise hinter mir und es wird Nacht." Dabei blickte er einer Frau tief in die Augen, welche seiner Meinung nach nicht verbittert erschien wie die anderen. Sie war auch sichtlich jünger als die anderen. „Andrella", sagte die Frau, die fast noch ein Mädchen war und Jess-K legte seine Hand auf seine Brust und sagte: „Jess-K." Dabei verneigte er sich leicht. Andrella war entzückt und bot Jess-K an, bei ihr über Nacht zu bleiben. Nachdem die beiden zu ihrer Hütte gingen und das Pferd an einen Pfahl festbanden, konnte Jess-K die Blicke der anderen Frauen in seinem Nacken spüren.

Andrella freute sich über den Besuch. Nur selten kam hier jemand vorbei. Sie bot ihm ein bescheidenes Mahl und einen Schlafplatz auf dem Boden an. Jess-K bedankte sich und hatte Andrella erklärt, dass er erst am Morgen mit allen sprechen würde, wie er Ihnen helfen könne.

19

In der Zwischenzeit war Maximilian durch das Feuer in der Drachenhöhle hindurch gegangen und befand sich in einem Turm aus brennenden Flammen. Das Licht war gleißend hell. Er hielt sich seine Hand vor die Augen, doch auch das half ihm nicht viel. Im nächsten Moment erloschen die Flammen. Überall waren noch kleine Rauchwölkchen. Er nahm seine Hand vom Gesicht und konnte mit Ruß bedeckte Steinwände erkennen. Suchend drehte er sich in alle Richtungen, doch nichts als Mauern. Es gab keine Tür. Keine Fenster. Ein lauter Krach und neben ihm viel ein Stein von der Decke. Darauf lag ein blaues Zepter. Erschrocken starrte er darauf. Er fragte sich, ob es eine Ähnlichkeit hatte mit dem Zepter von Jess-K und ob dies ein Zufall wäre, dass auch er jetzt eines bekommen würde. Er erinnerte sich daran, dass die Wasserblasen auch ihm gesagt hatten, dass eine Prüfung bevorstand.

Maximilian trat an den Stein heran, griff nach dem Zepter, das teilweise in den Stein hineinreichte. Es ließ sich jedoch mühelos herausziehen. In seiner Hand begann das Zepter zu pulsieren. Es wurde immer größer, bis es aus seiner Hand rutschte und vor ihm als eine blau-schimmernde Tür erschien.

20

Layla wurde indessen in das Berginnere zum Druiden Terdan gebracht. Gemeinsam betraten sie eine Höhle, welche mit unzähligen Kerzenlichtern erhellt wurde. Es sah traumhaft aus. Das warme Licht spiegelte sich in der großen Kugel des Sehens, welche schwebend in der Mitte hing. Diese erinnerte Layla an die Kugel der Hewas, welche nach der Versiegung der Quelle zerstört worden war. Sie hatte nicht gewusst, dass es eine weitere davon gab. Nach oben war der Raum offen und die ersten Abendsterne erleuchteten den Nachthimmel.

Terdans Stimme trug den Klang des Friedens und der Hoffnung in sich. „Die Kugel des Sehens ist unberührt geblieben und Ihr könnt sie jederzeit nach Rat fragen." Terdan nickte und Layla trat an die Kugel heran. Sie war es gewohnt, dass die Kugel von alleine aufzuleuchten begann, doch diese tat es nicht. Terdan deutete ihr an, die Kugel zu berühren und so trat sie weiter heran und legte ihre Hand darauf. Sie fühlte sich zart und rein an. Die Kugel leuchtete auf und Layla trat zurück, da bereits die ersten Bilder erschienen.

„Die Kugel erkennt Eure Fragen und zeigt Euch Bilder auf. Sie spricht nicht." Layla war erstaunt und versuchte sich alle Bilder zu merken. Dann erlosch die Kugel wieder. Terdan hatte zwischenzeitlich den Raum verlassen und Layla setzte sich auf eine Bank seitlich des Einganges. Sie musste zuerst die Vielfalt der Bilder in ihrem Kopf ordnen und schaute durch die Öffnung hinauf, die einen Teil des Mondes freigab.

21

Währenddessen hatte sich die Tür vor Maximilian verwandelt, in eine Tür aus dunklem massivem Holz, mit goldenen Scharnieren, die schwaches Licht von sich gab. Am Türrahmen erkannte er ein Symbol, das auch in seiner Welt existiert hatte. Es war eines der Symbole die ihm Zutritt zum Ort des Lebens gewährte. Es knarrte und die Tür öffnete sich von selbst. Maximilian ging darauf zu und blickte zuerst seitlich hinter die Tür. Es war zu dunkel, um etwas zu erkennen. Deshalb entschied er sich vorsichtig durch die Tür zu gehen, die sich hinter ihm von allein schloss. Maximilian hatte das Gefühl sich in einem Raum zu befinden, in dem es stockdunkel war. Ein kleiner Zauber und im nächsten Moment erhellten Kerzen den Raum, die sich in mehreren Kerzenleuchtern an der Wand befanden. Maximilian zog verwundert seine Augenbrauen hoch, denn er konnte spüren, dass es sich um einen Raum voller Magie handelte.

Es war gemütlich hier. Viele seltsame Gegenstände lagen auf Schränken und Regalen. Etwas sah wie ein Horn aus. Dann ein kleiner Kessel. Weiters ein Zauberstab und in der Mitte ein kleiner Tisch mit einem Briefumschlag. Er setzte sich in den bequemen Sessel und las den Brief, auf dem sein Name stand. Nachdem er ihn mehrmals in seinen Händen drehte und nochmals in den Raum hineinblickte, um sicher zu gehen, dass er alleine war, öffnete er den Umschlag. Der Brief war in einer alten Sprache geschrieben. Maximilian trug immer noch das Wissen als Bewahrer seiner zerstörten Welt in sich und konnte deshalb mühelos die Zeilen lesen. Nachdem er geendet hatte, atmete er tief durch und lehnte sich nachdenklich zurück. Vor ihm sah er einen Kamin, in dem sich Holzscheiten befanden. Er sprach einen kleinen Zauber und das Feuer entfachte sich. Gedankenverloren starrte er hinein.

22

Maximilian wusste nicht, wie lange er dort gesessen hatte und starrte nach wie vor in die Glut im Kamin. In diesem Moment erschien eine Frau vor ihm. Sie schwebte in der Luft und trug weiße Kleidung, die wie im Wind sanft flatterte. Maximilian erschrak und richtete sich auf. „Wer seid Ihr?" „Ich bin hier, um eine Antwort von Euch zu fordern", sprach die Frau in einer lieblichen Stimme. „Eine Antwort. Wie sollte er eine Antwort geben, auf etwas, was ihn innerlich zerreißen würde, egal welchen Weg er wählen würde", dachte Maximilian.

Er hatte gehofft, dass er jetzt an der Seite von Layla verweilen könnte. Mit ihr und ihren Kindern glücklich sein könnte. Doch dieses Glück dauerte nicht lange. In dem Brief stand, dass Maximilian ein anderes Schicksal erwarten würde. Hier stand, er müsse eine magische Wasserquelle finden. Aus dieser Quelle ein Gefäß füllen und zurückbringen. Er wusste nicht, wo sich diese Quelle befand. Er wusste nicht, wann er zurückkehren würde. Er wusste nicht, ob Layla auf ihn warten würde.

Im Grunde blieb ihm keine Wahl. Maximilian nickte zögernd und die Frau vor ihm tat es ihm gleich. Ein kleines Gefäß erschien in ihrer Hand und sie überreichte es Maximilian. „Macht Euch auf den Weg." Gerade als Maximilian noch etwas einwenden wollte, war die Frau verschwunden.

Sein Herz blutete. Er konnte sich nicht einmal von Layla und den anderen verabschieden. Sie würden nicht wissen, wo er war. Für die anderen wäre er wie vom Erdboden verschwunden. Betrübt stand er auf und blickte sich im Raum um. In einer Ecke stand ein Rucksack. Er nahm ihn auf und packte das Horn, den Kessel, das Gefäß und den Zauberstab ein. Wer weiß, für was es gut sein würde auf seiner Reise.

Dann ging er zur Tür, doch diese führte nicht in die Drachenhöhle zurück, sondern in einen unterirdischen Gang. Es tropfte seitlich und Maximilian musste den Kopf einziehen. In diesem Moment erschien auf seinem Handgelenk ein Feuerring.

Er kannte Feuerringe. Sie sorgten dafür, dass man seine Aufgabe erfüllte. Das eigene Leben hing davon ab. Wenn man seine Aufgabe erfüllte, erlosch der Feuerring. Wenn nicht, erlosch das eigene Leben. Man verbrannte ganz einfach. Er kannte keinen Zauber, der ihn von dem Feuerring und der damit verbundenen Aufgabe befreien würde. Es heißt, dass Aufgaben, welche mit einem Feuerring zusammenhingen, bereits vorherbestimmt seien. Die Menschen hatten somit keine Wahl. Es heißt, sie werden zur richtigen Zeit aktiviert. Maximilian hatte kein Wissen darüber, woher diese Feuerringe kamen oder wer sich diese Aufgaben für wen aussuchte. Er wusste nur, dass er jetzt eine solche Aufgabe zu bewältigen hatte und sein Überleben davon abhing.

Schon bald erreichte er das Ende des Tunnels, dessen Eingang gut versteckt war unter herabfallendem Gestrüpp. Vorsichtig zog er die Äste zur Seite und blickte in die Nacht. Es war sternenklar und der Mond schien hell. Er trat hinaus und erkannte, dass er sich an einem Waldrand befand. Seitlich führte der Weg zu einem kleineren Dorf mit nur wenigen Hütten. Er konnte aus der Ferne eine Feuerstelle erkennen. Maximilian hatte kein Geld in der Tasche und er wusste nicht einmal, ob er sich noch in Laylas Reich befand. Er könnte sich genauso gut in einem befeindeten Nachbarsreich befinden. Tief seufzend blickte er an sich hinunter und erkannte, dass er Kleidung eines Kriegers trug. Nach kurzem Nachdenken machte er sich auf den Weg ins Dorf.

Dort angekommen bewegte er sich vorsichtig auf eine Gruppe Frauen zu. Männer waren keine zu sehen. Sie saßen um ein Feuer am Rande des Dorfes und schienen sehr fröhlich zu sein. Sie lachten und sangen. Maximilian blieb in Sichtweite stehen und räusperte sich.

Die Frauen blickten auf und starrten auf den Fremden. „Bitte verzeiht mein Eindringen", sprach Maximilian ruhig und verneigte sich. Im ersten Moment wussten die Frauen nicht, ob sie zurückschrecken oder den hübschen Mann in ihrer Runde begrüßen sollten. Eine der Frauen stand auf und ging auf

Maximilian zu. „Was macht Ihr hier zu dieser Stunde?" „Ich bin auf der Suche nach etwas zu essen", antwortete Maximilian. Er hatte kein Problem, die Nacht unter einem Baum im Wald zu verbringen, doch er wollte herausfinden, wo er sich befand. „Ihr seht wie ein Krieger aus", musterte ihn die Frau. „Ja, ich komme von weit her. Ich habe nicht die Absicht Euch etwas zu tun. Ich bitte lediglich um etwas zu essen. Leider habe ich kein Geld", erklärte Maximilian ehrlich. Die Frau war verdutzt. Normalerweise würde ein Krieger einfach nachts in ihre Häuser eindringen und etwas zum Essen stehlen. Nach kurzem Zögern stellte sich die Frau als Raya vor. Sie schien die Anführerin dieser Gruppe zu sein und wirkte sehr muskulös, geradezu wie eine Amazone. Sie lud Maximilian ein, sich zu ihnen zu setzen. Dankbar nahm er am Feuer Platz. Die anderen Frauen tuschelten aufgeregt miteinander. „Wo kommt Ihr her?", fragte Raya und reichte ihm eine Schüssel mit Suppe. Nachdem Maximilian nicht wusste, ob er sich in Laylas Reich befand, sagte er einfach: „Aus einem kleinen Dorf, weit hinter den Bergen." Er dachte, dass es Berge wohl überall geben würde. Vorsichtig fragte er: „Kennt ihr Königin Layla?" Raya blickte erneut verdutzt. „Jeder kennt die Königin. Sie regiert unser Land mit Stärke und Weisheit." „Seid ihr etwa ein Krieger von einem anderen Reich?", fragte eine der Frauen erschrocken. Maximilian lächelte sanft und schüttelte den Kopf. „Nein. Ich bin auf der Suche nach Etwas", platzte es aus Maximilian heraus. „Was sucht Ihr denn?" Maximilian schluckte über seine Unbedachtheit, doch irgendwie hatte er das Gefühl, dass er nicht ohne Grund hier war. „Ich habe so viel Leid gesehen und ich habe von einer Wasserquelle gehört, die heilende Kräfte besitzt. Ich möchte sie finden." Alle Frauen starrten ihn fassungslos an. Dann wechselten sie rasche Blicke. Maximilian hatte das Gefühl, dass diese Frauen etwas über diese Quelle wussten. Er fragte sich außerdem, wo sich die Männer in diesem Dorf befanden. Raya stand auf und kniete vor Maximilian nieder. Jetzt kannte sich Maximilian nicht mehr aus. „Wir haben von dieser Quelle gehört. Seit wir klein waren, haben uns unsere Eltern von dieser Quelle erzählt." Dann blickte sie ihm tief in die Augen. „Doch diese Quelle existiert nur in unserer Fantasie. Sie wird erzählt, damit Kinder an etwas Glauben. Es tut mir leid für Euch, dass Ihr diese Reise auf Euch genommen habt, jedoch gibt es diese Quelle nicht." Die Zeit schien für einen Moment stehengeblieben zu sein.

Maximilian konnte nicht glauben, was er gerade hörte. Ein Zwiespalt tat sich ihm auf. Zum einem wusste er, dass eine Aufgabe, welche mit einem Feuerring besiegelt wurde, wahr sein musste. Zum anderen bekam er ein dumpfes Gefühl, dass noch mehr dahinter steckte, als er bis jetzt wusste. Etwas, was ihm schaden könnte. Bei diesem Gedanken wurde ihm übel und sein Gesicht verlor jegliche Farbe. Raya fragte ihn, ob alles in Ordnung sei. Doch bei Maximilian begann sich alles zu drehen. Ihm wurde schwindlig und er fiel nach hinten und blieb bewusstlos liegen.

„Jetzt", sprach Raya und ein Mann trat aus dem Dunkeln hervor. Die Frauen machten ihm Platz und Eldaron trat an Maximilians Seite. Er kniete neben ihn und legte seine Hand auf Maximilians Stirn. Dann schloss er seine Augen. Die Frauen hatten sich im Kreis um die beiden aufgestellt und hielten ihre Hände. Auch ihre Augen waren geschlossen und sie neigten ihre Köpfe nach oben. Jetzt konnte Eldaron Bilder aus Maximilians Gedanken empfangen und gab sie den Frauen weiter, damit sie alle zur selben Zeit das Gleiche sehen konnten.

Sie sahen Maximilians Welt, aus der er gekommen war. Eine Welt voller Magie, mit Palästen aus Kristall. Sie konnten sehen, wie der Ort des Lebens gebrochen war und dadurch Menschen hervorbrachte, die ihre Magie nur noch für das Böse verwendet hatten. Dadurch erwachte der Ur-Drache und seine Welt ging unter. Sie sahen, wie er seinen Drachen Ekimora zurücklassen musste und nur ein einziger Hohepriester die Katastrophe überlebte. Maximilian wurde durch den Vorhang der Zeit geschickt, damit er eines Tages zurückkehren konnte, um seine Welt zu retten. Erstaunt sahen sie, dass Isia ihre Magie, nach der Aktivierung, durch ihren Wunsch Königin zu sein, wieder verloren hatte. Doch bevor sie den Grund erfahren konnten, weshalb Maximilian zur Wasserquelle wollte, blitzte der Feuerring an Maximilians Hand auf und eine dunkle Welle schoss daraus hervor und warf Eldaron und die Frauen im hohen Bogen nach hinten. Kurze Zeit später landeten sie unsanft am Boden. Nachdem sie sich alle wieder hochgerappelt hatten, starrten sich Raya und Eldaron an. „Wird er zur Gefahr für uns?", fragte Raya. In diesem Moment erwachte Maximilian und Eldaron verschwand sogleich im Dunkeln.

Kurz darauf ging Raya auf Maximilian zu. „Was ist geschehen?", fragte dieser immer noch benommen. Raya half ihm hoch und antwortete: „Ihr seid ohnmächtig geworden. Geht es Euch gut?" Maximilian schaute Raya in die Augen und hatte das Gefühl, sich darin in einer unglaublichen Tiefe zu verlieren. „Es geht schon wieder." Eine der Frauen reichte ihm eine Schale mit Tee und als er einen Schluck daraus nahm, hatte er das Gefühl, dass seine ganze Kraft zurückkehrte. „Danke" sagte er nickend zu der Frau, welche sich neben ihn gesetzt hatte.

„Wir haben einen Schlafplatz für Euch vorbereitet. Nachdem Ihr jetzt wisst, dass es die Wasserquelle nicht gibt, könnt Ihr morgen wieder Euren Heimweg antreten." Raya sprach dabei sehr bestimmend, als würde es keinen Zweifel daran geben, dass die Wasserquelle nicht existierte. Er trank seine Schale Tee leer und stellte sie neben sich ab.

Raya stand auf und begleitete ihn zur Hütte. Sie war rund, aus Lehm gebaut und das Dach mit Stroh bedeckt. Obwohl es sehr dunkel war, konnte er sehen, dass die Hütte in einer unglaublichen Perfektion erbaut worden war. Maximilian wollte jedoch keine weiteren Fragen stellen und ging wortlos zu seinem Schlafplatz aus Stroh. Raya reichte ihm eine grüne Decke und wünschte ihm eine gute Nacht. Als sie die Hütte verlassen hatte, welche nur aus einem einzigen Raum bestand und keine Fenster hatte, legte er sich hin und starrte zur Decke.

Er sprach einen Zauber, welcher die Zeit vor seinen Augen rückwärts laufen ließ. Dadurch konnte er sehen, dass die Berührung von Raya ihn hatte bewusstlos werden lassen und er sah, wie seine Gedanken gelesen wurden und sein Feuerring aktiviert wurde, der dadurch verhindert hatte, dass seine Aufgabe bekannt wurde. Er erkannte, dass es sich hier nicht um normale Dorfbewohner handelte, sondern um mächtige Magier. Dann sprach er einen weiteren Zauber und die Zeit ging wieder normal. Er versuchte wach zu bleiben, um sich später, wenn alle schliefen, im Dorf umsehen zu können und Eldaron zu suchen, der ihr Anführer zu sein schien. Doch seine Augen wurden schwer und er schlief ein.

23

Am nächsten Morgen. Ein Geräusch ließ ihn aufschrecken, denn Raya war eingetreten. Die Sonne war bereits aufgegangen. „Ihr seht heute viel besser aus?", grinste Raya und Maximilian gähnte. Er hatte tatsächlich tief und fest geschlafen. „Wenn Ihr wollt, könnt Ihr noch mit uns frühstücken, bevor Ihr Euch auf den Weg macht." Maximilian nickte und folgte Raya zur Feuerstelle, an der sie gestern gesessen hatte. Die anderen Frauen saßen bereits ums Feuer. Eine von ihnen reichte Brot umher und eine andere Schalen mit Tee. Sie tuschelten wieder als sie Maximilian sahen.

„Können wir ihn nicht noch ein bisschen hier behalten. Er sieht hübsch aus", flüsterte eine und kicherte dabei. Maximilian begrüßte die Frauen höflich und setzte sich. Wortlos aß er Brot und schlürfte seinen Tee. Er fragte sich, wo Eldaron sich befand und dachte darüber nach, wie er es schaffte, noch im Dorf bleiben zu können.

„Wie lange wart Ihr unterwegs?", brach eine der Frauen das Schweigen. Die anderen blickten sie von der Seite an, als hätte sie gerade etwas Falsches gesagt. „Ich kann es nicht genau sagen. Außerdem bin ich nicht davon überzeugt, dass es die Wasserquelle nicht geben soll." Raya verschluckte sich und hustete. Maximilian klopfte ihr freundlich auf den Rücken. „Habt Ihr denn niemand, der Zuhause auf Euch wartet?", wollte die Frau wissen. „Mia", fauchte eine der anderen Frauen. Sie wollten ihr anscheinend Einhalt gebieten, doch Mia schien etwas für Maximilian übrig zu haben. Sie hatte im Gegensatz zu den anderen blonde Haare und wirkte eher zierlich, nicht wie eine Amazone. Alle Frauen hatten Schmuck und Bänder in ihre Haare geflochten und trugen Armbänder oder sogar Embleme am Oberarm.

Maximilian dachte an Layla. Er vermisste sie und wünschte sich, dass sie hier wäre und diese Reise mit ihm gemeinsam machen könnte. „Mia", sprach Maximilian mit seiner tiefen anziehenden Stimme. „Das ist ein wunderschöner Name." Obwohl Mia versuchte es zu verbergen, konnte er das Strahlen in ihren Augen sehen. Nachdem Maximilian wusste, dass sie seine Gedanken gesehen hatten, konnte er sie nicht belügen. „Ja, es gibt jemanden." „Sie muss Euch sicherlich vermissen, wenn Ihr so weit weg von Zuhause seid", versuchte Raya das Gespräch auf sich zu ziehen. „Ja, auch ich vermisse sie." Maximilian konnte aus seinen Augenwinkeln sehen, wie der Glanz aus Mias Augen verschwand.

Nachdem er fertig gegessen hatte, stand er auf. Er bedankte sich bei Raya und machte sich auf den Weg. Die Frauen waren aufgestanden und blickten Maximilian hinterher.

Nach wenigen Schritten sprach er einen Zauber, drehte sich nochmals zu den Frauen um, winkte und stolperte dabei über einen Stein. Vor Schmerz fiel er schreiend zu Boden. Mia rannte sogleich los, um Maximilian zu helfen. Doch Maximilians Fuß war zu stark verletzt. Auch Raya war an die beiden herangetreten und konnte sehen, dass Maximilian nicht in der Lage war weiterzugehen. Maximilian lächelte in sich hinein. Sein Plan hatte funktioniert. Er konnte somit noch im Dorf, das sie Amados nannten, bleiben und glaubte, dass es ein Leichtes sein würde, Mia auf seine Seite zu ziehen.

Raya und Mia halfen Maximilian hoch, dessen Rucksack sich bei dem Sturz geöffnet hatte. Das Horn lag halb sichtbar auf dem Boden. Raya wollte den Rucksack hochheben, als sie das Horn sah. Erschrocken erstarrte sie in der Bewegung. Maximilian folgte ihrem Blick und bückte sich, um das Horn in den Rucksack zurückzugeben und zu verschließen. Dabei versuchte Raya ihren erschrockenen Gesichtsausdruck mit einem

Lächeln zu überspielen. Beide Frauen stützten Maximilian und brachten ihn an seinen Schlafplatz zurück. „Mia wird Euren Fuß versorgen. Sie kennt sich damit aus." Maximilian lächelte und die beiden Frauen verließen die Hütte.

Draußen angekommen blickte Raya scharf zu Mia. „Du wirst ihn ohne Magie versorgen und halte dich ansonsten von ihm fern! Hast du verstanden?" Mia senkte ihren Kopf. Raya war ihre Anführerin und mit ihr legte man sich besser nicht an. Eingeschüchtert kam Mia zurück in die Hütte und Maximilian konnte sehen, dass sich etwas verändert hatte. Ausgerüstet mit zwei Holzstücken, Tücher und Kräuter, legte sie die Kräuter in die Tücher und fixierte damit die Holzstücke an Maximilians Fuß. „Ihr solltet den Fuß heute so wenig wie möglich bewegen", murmelte sie. Maximilian berührte ihren Arm, doch sie entzog sich ihm rasch, stand auf und ging ohne zurückzublicken nach draußen. Nachdem Maximilian beim Gespräch der beiden Frauen nicht anwesend war, konnte er nicht die Zeit zurückdrehen, um herauszufinden, was sie besprochen hatten.

Raya hatte sich mittlerweile auf den Weg auf einen kleinen bewaldeten Hügel, ganz in der Nähe gemacht. Dort gab es zwei uralte Bäume. Sie überragten die anderen Bäume und ihre untersten Äste waren miteinander verflochten. Sie blickte zurück und trat zwischen den Bäumen durch eine unsichtbare Wand und verschwand. Dahinter stand sie auf einer Holzbrücke, welche durch die Lüfte nach unten führte, von wo kein Boden zu sehen war. Statt jedoch der Brücke entlang zu gehen, die aussah, als führte sie ins Nirgendwo, sprang sie im nächsten Moment über das Brückengeländer und kam kurze Zeit später sanft am Boden auf.

Eldaron erwartete sie bereits. „Sei gegrüßt, Raya. Ich habe das dumpfe Gefühl, dass Maximilian uns nicht glaubt." Raya nickte und ging mit Eldaron spazieren unter weiß-rosa blühenden Bäumen. Sanft schwebten Blütenblätter zu Boden auf dem bereits zahlreiche Blätter lagen. Diese formierten sich vor den beiden zu einem Weg, der sie zu einer Wasserquelle führte. Es war eine schlichte, einfache Quelle. Das Wasser kam aus einem Spalt von einem Stein, der sich in der Mitte eines kleinen Teiches befand.

„Er hat das Horn bei sich", sagte Raya, als sie beim Teich angekommen waren. „Was sagt Ihr da?", sprach Eldaron in einem erschreckten und doch faszinierenden Ton. „Er hat das Horn?", wiederholte er. „Ja. Ich konnte seine Magie spüren." „Wir müssen es bekommen!" Raya nickte, drehte sich um und sprang mit einem Satz auf die Brücke zurück, um im nächsten Moment auf der anderen Seite des unsichtbaren Portals, zwischen den Bäumen herauszukommen, und spazierte weiter den Hügel zum Dorf hinunter.

Geradewegs marschierte sie zu Maximilian und erblickte beim Betreten der Hütte, dass er seinen Kopf an seinen Rucksack anlehnte. „Mia hat mir Bettruhe erteilt", grinste Maximilian. „Gut, doch ich bin aus einem anderen Grund hier. Ihr könnt ihm Dorf bleiben, bis Ihr wieder laufen könnt. Ich möchte nur sicherstellen, dass ihr die Frauen in diesem Dorf" und ihr Blick wurde hart, „nicht anfasst." Maximilian war nicht auf diese Härte vorbereitet und schreckte einen Moment zurück. Er verneigte sich und sprach ernst: „Natürlich." „Gut, dann sind wir uns ja einig. Mia wird Euch mit allem versorgen, was Ihr braucht." Dann stand sie auf und ging hinaus.

Als es Nacht wurde und Ruhe im Dorf einkehrte, legte sich Raya schlafen. Sie grinste, schloss ihre Augen und schlief zufrieden ein. Währenddessen stand Maximilian vorsichtig auf. Sein Fuß schmerzte etwas, doch es war lange nicht so schlimm, wie er es ihnen vorspielte. Bei dem Versuch die Hütte zu verlassen prallte er gegen eine unsichtbare Wand. Raya hatte seine Hütte mit einem Zauber belegt. „Verdammt", fluchte Maximilian. Er sprach einige Zauber, doch keiner half. Vergebens und frustriert legte er sich wieder schlafen. Er musste einen anderen Weg finden, um diesen Mann zu finden, denn er war sich sicher, dass dieser wusste, wo sich die Quelle befand.

24

Am nächsten Morgen verließ Jess-K das Dorf, bevor es die anderen Bewohner bemerkten. Er hatte beschlossen, den König oder den Grafen, wie ihn hier viele nannten, aufzusuchen. Sein Ziel ist es, diesem Land Frieden zu bringen und eine starke Führung zu geben. Das würde zudem dem Bettler und den Dorfbewohnern helfen. Er war zuversichtlich und in guter Stimmung.

Als er durch ein Tal ritt, kam eine Frau herangesprungen. „Sie verfolgen mich. Bitte helft mir", schrie sie keuchend, deren Haare verschwitzt in ihrem Gesicht klebten. Jess-K schnappte sich seinen Säbel und sprang vom Pferd. Schon konnte er die ersten Reiter sehen. Es waren zu viele, als dass er sich hätte ihnen im Kampf stellen können. „Bleibt hier", sprach er zu der Frau.

Jess-K senkte seinen Säbel und ging auf die rasch herankommenden Reiter zu. Sie blieben vor Jess-K stehen und murrten: „Geht uns aus dem Weg." „Sagt mir, weshalb verfolgt Ihr sie?" „Sie hat gestohlen. Darauf steht die Todesstrafe." Jess-K blickte zur Frau zurück, die sich sichtbar ängstlich hinter dem Pferd versteckte. Sie trug zerfetzte Kleidung und war schmutzig von Kopf bis Fuß. Jess-K nahm an, dass sie sehr arm war. „Was hat sie gestohlen?", wollte er wissen und die Männer auf den Pferden blickten sich verdutzt an. „Was interessiert es Euch?" und einer antwortete trotzdem im nächsten Moment: „Sie hat Getreide gestohlen aus der Vorratskammer des Grafen." „Das ist alles?" Jess-K konnte sich sein Grinsen nicht verdrücken. „Wer seid Ihr überhaupt?", wollte einer der Männer wissen. „Ich bin jemand, der Euch reich belohnen wird, wenn ihr diese Frau gehen lasst." Dabei zog er einen Beutel hervor und lehrte einen Teil des Inhaltes auf seine Hand. Goldmünzen funkelten im Sonnenlicht. Die Reiter zogen ihre Augenbrauen hoch und blickten sich rasch gegenseitig an. Einer von ihnen nickte Jess-K zu und dieser reichte dem Mann die Goldmünzen. Dann schrie der Mann zu der Frau: „Dieses Mal seid Ihr verschont, doch nächstes Mal wird es keine Gnade geben." Sie drehten sich um und ritten davon.

Jess-K ging zur Frau zurück, die ihn liebevoll anlächelte. „Ihr seid jetzt in Sicherheit. Wo wohnt ihr? Ich kann Euch mitnehmen."

Sie gingen zu Fuß zu einem Flusslauf. Mittlerweile wusste Jess-K, dass es sich bei der Frau um Aldira handelt. Eine Frau, die in einem Dorf nicht weit von hier lebte. Sie hatte zwei Kinder und die Dorfbewohner litten an Hunger, nachdem der Graf fast ihre gesamte Ernte mitgenommen hatte. Aldiras Mann hatte sich einst den Reitern in den Weg gestellt und war von ihnen geköpft worden.

Jess-K wollte mehr über diesen Grafen wissen und sie erzählte ihm eine unglaubliche Geschichte, während sie einen Waldweg entlang gingen. Blumen zierten den Wegesrand und hie und da konnten sie einen Hasen sehen. Einer saß neben einer Baumwurzel und knabberte an einem Löwenzahn. Blitzschnell zog Jess-K ein kleines Messer und traf den Hasen.

Er zog ihn an den Ohren hoch, entfernte sein Messer und überreichte das tote Tier Aldira, die diese Geste und das Abendessen sehr schätzte.

„Es war nicht lange her, als dieses Land noch in Frieden lebte. Die Bauern hatten genug zum Essen, um durchzukommen. Doch eines Tages kamen Reiter und verkündeten, dass es einen neuen Grafen gab und neue Gesetze gelten würden. Nachdem die Reiter das erste Mal kamen, um den größten Teil ihrer Ernte zu holen, starben die Ersten im Dorf und wir versuchten Teile unserer Ernte zu verstecken. Doch die Reiter folterten uns und bedrohten unsere Kinder und so gaben wir jedes Mal nach. Einige der Dorfbewohner machten sich auf den Weg zum Grafen. Sie wollten um Gnade betteln. Sie glaubten, dass der Graf nicht wusste, was alles vor sich ging. Als sie bei ihm ankamen, erkannten sie, dass dieser Mensch keine Gnade erweisen würde. Das Schloss strotzte vor Prunk und die Menschen im Schloss waren alle gut genährt. Der Graf selbst trug eine schwarze Rüstung und ein roter Stein pulsierte auf seiner Brust. Einer der Wachen hatte ihnen bereits zugeflüstert, dass ihr Vorhaben keinen Sinn hätte und die Rüstung undurchdringbar wäre. Einer unserer Männer war mit dem Arzt des Schlosses befreundet und dieser hatte ihm erzählt, dass der rote Kristall es wäre, was den Grafen unbesiegbar mache. Es handle sich um einen Zauberstein, der aus einer anderen Welt stammen würde. Dieser Arzt hat unserem Mann etwas überreicht." Dabei zog sie einen schmutzigen Fetzen hervor und öffnete ihn. Es befand sich eine Karte darauf und Schriftzeichen, welche Jess-K nicht erkannte. Aldira erzählte weiter. „Nachdem sie ins Dorf zurückgekehrt waren, wussten wir, dass die Zeiten härter werden würden. Beim nächsten Besuch der Reiter wurden alle Männer, die den Grafen aufgesucht hatten, vor den Augen ihrer Frauen niedergemetzelt. Einer der Männer lebte noch, als die Reiter das Dorf verließen. Er drückte mir diese Karte in die Hand und sagte mir, dass es der einzige Weg sei, den Grafen zu besiegen. Er hatte mir auch gesagt, dass ein junger Mann kommen würde, der die Macht dazu hat." Tränen stiegen in Aldiras Augen. „Ich habe das Gefühl, dass Ihr dieser junge Mann seid" und sie reichte Jess-K die Karte. Dieser nahm sie wortlos entgegen.

In diesem Moment traten sie aus dem Wald heraus und blickten in ein kleines Dorf mit wenigen Hütten aus Ästen und Stroh hinunter. „Ihre Armut ist nicht zu übersehen.", dachte Jess-K, der stehen geblieben war. Aldira drehte sich zu ihm und deutete ihm an, dass er ihr folgen könne, doch Jess-K blieb weiter wie angewurzelt stehen. „Mein Weg führt woanders hin." Er blickte auf die Karte und ins Land hinein, denn er hatte eine Ähnlichkeit der Skizze und dem Land entdeckt, auf das er gerade blickte. Zwei markante Bergspitzen waren in der Ferne zu sehen. Jetzt wusste Jess-K, was seine Aufgabe war. Ein dumpfes Gefühl durchzog ihn. Diese Aufgabe ist schwerer als er gedacht hatte. Der Bettler hatte ihm lediglich den Weg gewiesen, so dass er dieser Frau begegnet war. Er war gespannt, was ihn als nächstes erwarten würde.

25

Am nächsten Morgen erwachte Maximilian. Mia trat ein und versorgte seinen Fuß. Sie blickten sich tief in die Augen und Maximilian konnte wieder das Feuer und die Leidenschaft in ihren Augen sehen. „Ihr macht das sehr gut", machte er Mia ein Kompliment. Sie lächelte, versuchte jedoch ein Gespräch zu vermeiden, aus Angst vor Raya. So verließ sie die Hütte und begab sich zu den anderen Frauen, als kurz darauf Raya eintrat.

„Wie geht es Euch?", wollte sie wissen und Maximilian setzte sich auf. Er trat mit dem Fuß sanft auf den Boden und verzog sein Gesicht. „Und Ihr seid ein Krieger?", rutschte es Raya heraus, die sehr wohl sehen konnte, dass Maximilian nicht so sehr litt, wie er es vorgab. Sie nahm es hin, um an das Horn zu gelangen. Deshalb half sie Maximilian auf und stützte ihn, damit sie die Hütte verlassen konnten. Sie brachte ihn zum Fluss, damit Maximilian die Möglichkeit hatte, sich zu waschen.

Raya selbst begab sich wieder zum Dorf zurück und schlich derweilen in Maximilians Hütte. Der Rucksack lag auf dem Bett und vorsichtig öffnete sie ihn. Das Horn aus schönstem Elfenbein lag ganz oben und sie griff danach. In dem Moment, als sie es anfasste, ertönte es, dass die Wände erzitterten.

Die Frauen im Dorf zuckten zusammen. Sogar Maximilian konnte das Horn noch hören. Er stand gerade mit nacktem Oberkörper seitlich des Wassers. Rasch zog er sein Hemd über und ging so schnell wie möglich zum Dorf zurück.

Mittlerweile war Raya mit dem Horn den Hügel hinauf gerannt. Maximilian konnte sie noch im Wald verschwinden sehen. Er versteckte sich hinter einem großen Baum und versuchte zu erkennen wohin sie lief, doch der Wald war zu dicht und kurz darauf hatte er sie aus den Augen verloren.

Nachdem er eine Weile wartete, begab er sich ins Dorf zurück, wo ihn Mia abfing. Auch ihr war nicht entgangen, dass Raya nicht im Dorf war. Sie sagte Maximilian, dass sie ihm etwas zeigen wolle und Maximilian folgte ihr in den Wald, aus der Richtung, aus der er gekommen war. Sie gingen ein Stück den Flusslauf entlang, der zu einem kleinen Versteck führte. Es war eine Höhle unter einem Felsvorsprung, die durch kleinere Sträucher kaum sichtbar war. Sie zog Maximilian, der hinter Mia hergehumpelt war in die Höhle hinein und ehe er es sich versah, drückte sie sich fest an ihn und küsste ihn, doch Maximilian stieß sie weg. Verdutzt schaute sie ihn an. „Ich dachte", stotterte sie. Maximilian überlegte kurz, wie er am besten an die Informationen kommen konnte, die er brauchte und Mia war seine beste Möglichkeit. Deshalb zog er sie fest an sich und küsste sie leidenschaftlich. Dann stieß er sie wieder weg, blickte ihr tief in die Augen und sprach: „Hilfst du mir zur Wasserquelle zu gelangen?" Mia zögerte. Sie wusste, dass es ihr verboten war, aber aus irgendeinem Grund fühlte sie sich mit Maximilian verbunden. Ihr Herz schlug heftig und nochmals zog Maximilian sie fest an sich und küsste sie. Als er sich wieder von ihr löste, hauchte sie: „Ja, ich helfe dir. Nimm mich." Maximilian zog Mia an sich und sie begannen sich innig zu lieben.

Mia lag glücklich in Maximilians Armen. Er streichelte ihr Haar und fragte sie nach der Wasserquelle. Mia zögerte kurz und antwortete: „Es gibt einen magischen Eingang im Wald. Doch auch wenn du es durch den Eingang schaffst, wirst du nicht weit kommen, denn der Weg dahinter ist eine Falle und dem Wächter Eldaron wird dein Ankommen nicht entgehen." Maximilian drückte Mia einen Kuss auf die Stirn. Er brauchte etwas Zeit ihr Vertrauen ganz zu gewinnen. Sie zogen sich an und kehrten ins Dorf zurück. Mia begab sich zu den anderen Frauen und versuchte sich nichts anmerken zu lassen und Maximilian verzog sich in seine Hütte. Er öffnete seinen Rucksack und nahm das Horn heraus. Raya hatte es gegen ein falsches Horn ausgetauscht. Dieses Horn war jedoch etwas größer und Maximilian durchschaute den Schwindel sogleich.

26

Währenddessen im Tal der Könige. Jess-K folgte mittlerweile einem Pfad, der durch dichte Wälder führte. Immer wieder blieb er stehen und blickte auf die Karte. Die zwei Bergspitzen stellten eine Markierung dar. Er fragte sich, was er dort finden würde und wie es ihm helfen sollte, den Grafen zu besiegen. Er hatte noch nie zuvor von einer Rüstung gehört, die nicht zu durchdringen sei. Es wurde dunkel und er entschied sich Rast zu machen.

Der Mond schien hell und er legte sich auf seinen Mantel etwas abseits des Weges. Von diesem Platz konnte er die Bergspitzen im Mondschein erkennen. Sie waren nicht mehr allzu weit entfernt und er sollte sie am nächsten Tag erreichen. Müde schlossen sich seine Augen und in dem Moment erkannte er etwas. Er öffnete seine Augen leicht und mit getrübtem Blick sah er die Umrisse der Berge, eingehüllt in ein schimmerndes Licht. Dann öffnete er seine Augen ganz und die Umrisse waren verschwunden, sodass er sie gleich wieder zusammenkniff. Die Umrisse berührten sich, in der Luft zwischen den beiden Bergspitzen. Dieser Berührungspunkt schimmerte rot pulsierend. Nach einer Weile fielen ihm die Augen zu und Jess-K schlief ein.

27

In dem Dorf Amados, in dem sich Maximilian aufhielt, war ebenfalls die Nacht hereingebrochen. Raya war noch nicht zurückgekehrt, deshalb entschied sich Maximilian, sich aus dem Dorf zu schleichen. Er konnte ungehindert seine Hütte verlassen. Raya musste in ihrer Eile den Zauber vergessen haben.

Vorsichtig blickte er aus seiner Hütte und als er sich sicher fühlte, begab er sich den Hügel hinauf in den Wald. Eine Fackel mitzunehmen schien ihm zu gefährlich. Zum Glück wusste er sehr gut, wie er sich im Dunkeln orientieren konnte. Unbemerkt schaffte er es in den Wald hinein. „Wohin Raya wohl gegangen war?", fragte er sich. Es war zu dunkel, um ihrer Fährte folgen zu können, deshalb sprach er einen Zauber, der kleine Lichtfunken am Boden erscheinen ließ. Sie sahen aus, wie die Glut eines Feuers und konnten vom Dorf aus nicht gesehen werden. Sie zeigten den Weg, den Raya gegangen war. Er führte bis hin zu den beiden majestätischen Bäumen, doch dort verlor sich ihre Spur und die Lichtfunken erloschen. Maximilian tastete den Bereich ab, ohne ein Portal zu finden und kein Zauber gab ihnen einen Hinweis.

Plötzlich ein Knacksen. Maximilian verharrte in seiner Bewegung. Dann drehte er sich langsam um und blickte in das Dunkel des Waldes hinein. „Ich bin es", hörte er eine liebliche Stimme. Er erkannte sofort, dass es sich um Mia handelte, die nun an ihn herantrat. Unter ihrem Mantel hatte sie eine Laterne versteckt, welche sie herausholte und sie vor sich in die Luft hielt, damit Maximilian sie sehen konnte. „Was machst du hier?", fragte er sie. „Ich bin dir aus dem Dorf gefolgt. Ich kann dir vielleicht helfen?" und sie grinste. Maximilian wusste nicht recht, wie er darauf reagieren sollte und Mia sprach: „Aber nur, wenn du mir versprichst, dass du mich mitnimmst, sobald du gefunden hast, wonach du suchst." Maximilian schluckte schwer. Sollte er Mia mit zu Layla nehmen, damit diese ihr erzählte, dass er sie mit ihr betrogen hatte? Eine Aufgabe zu haben, die mit einem Feuerring gebunden war, erforderte manchmal Maßnahmen, zu denen ein Mensch sonst nicht bereit wäre. Er hatte versucht Mia in eine Position zu bringen, damit sie ihm half, doch nicht, um sie danach mitzunehmen. Vermutlich blieb ihm keine andere Wahl. „In Ordnung", sprach Maximilian. „Versprich es mir!", forderte Mia ihn auf, mit dem Finger auf ihn zeigend. Nur zögerlich gab ihr Maximilian sein Versprechen.

Mia trat vor. „Es gibt einen Zugang. Wir gehen manchmal zur Wasserquelle um Zeremonien abzuhalten. Sobald ich mit dir durchs Portal gegangen bin, musst du mir Vertrauen und tun, was ich dir sage oder wir werden beide sterben." Dann wurde ihr Ton ernst. „Hast du verstanden?" und Maximilian nickte. Sie sprach einige Worte, die mehr wie Laute als Worte klangen. Ein Rascheln, wie das von Laub im Wind war zu hören und ein schimmerndes rundes Portal zwischen den verwachsenen Ästen öffnete sich.

Mia zog Maximilian hindurch und sie kamen auf dem Holzsteg heraus. Hier war es taghell. Sie blickte ihn an und reichte ihm ihre Hand. „Vertraust du mir?" Maximilian legte seine Hand in die ihre und im nächsten Moment sprang sie über den Steg hinunter und zog Maximilian mit in die Tiefe, indem er über das Geländer kippte. Kurz stockte sein Atem, doch schon im nächsten Moment setzten sie zu seiner Überraschung sanft am Boden auf. „Wären wir den Steg entlang gegangen, wären wir für immer verloren gewesen", sagte Mia sanft, doch dann verhärteten sich ihre Gesichtszüge. „Dem Wächter wird nicht entgangen sein, dass du jetzt hier bist. Wir müssen uns beeilen."

Ohne zu zögern rannte Mia los und Maximilian folgte ihr, immer noch etwas humpelnd, unter den blühenden Bäumen hindurch. Die Blätter wirbelten vom Boden auf und geleiteten wie ein Blütenregen hinter ihnen sanft zu Boden. Dann blieben sie abrupt stehen.

Der Wächter war plötzlich vor ihnen erschienen. Verdutzt blickte Maximilian, als Mia schützend ihre Hand vor ihn legte. „Eldaron. Das ist alles meine Schuld. Ich bitte Euch, gebt diesem Mann, wonach er sucht. Er wird uns dann verlassen und dieses Geheimnis gut behüten." Mia hielt die ganze Zeit ihren Kopf gesenkt. „Was habt Ihr diesem Mann versprochen, Mia, dass Ihr Euch so für ihn einsetzt?" Dann weiteten sich die Augen von Eldaron, denn er konnte Mias Gedanken sehen. „Ihr habt Euch beschmutzt." Schockiert trat er einen Schritt zurück. „Ihr dürft Euch keinem Mann hingeben, dadurch gefährdet ihr die Reinheit der Wasserquelle." Mia schluckte schwer und Eldaron wandte sich an Maximilian. „Und Ihr habt die Liebe verraten und Mia ein Versprechen gegeben, dass Ihr nicht vorhabt, einzulösen." Mia blickte das erste Mal auf. Sie wusste, dass Eldaron nur die Wahrheit sprach. Tränen schossen ihr in die Augen und ihre Hand löste sich von Maximilian. Trotzdem fragte sie: „Ist es wahr? Du wolltest mich gar nicht mitnehmen?"

Maximilian trat einen Schritt zur Seite. Er wusste, dass nur eines wichtig war. Seine Aufgabe zu erfüllen, denn dies war der einzige Weg, um zu Layla zurückzukehren. Auch Mia trat zur Seite. „Du hast mich verraten", stotterte sie. Ihre Verwirrung war ihr ins Gesicht geschrieben, doch Maximilian hatte keine Zeit, sich jetzt um Mia zu kümmern. Er blickte Eldaron tief in die Augen. „Ihr wisst, weshalb ich hier bin. Ihr sprecht von Reinheit und stehlt mein Horn?" Eldaron hielt Maximilians Blick stand und antwortete sanft: „Wir haben es uns lediglich ausgeliehen." Mia erkannte, dass Eldaron gelogen hatte. Sie war entsetzt und setzte sich ins Gras, denn sie hatte das Gefühl, dass ihre gesamte Welt zusammenbrach.

Eldaron zog das Horn hervor und ging damit zu der Wasserquelle. Er füllte es und kam damit zu Mia zurück. Sanft führte er das Horn an ihre Lippen und wies sie an zu trinken. Sie nippte daran und ihre Lebenskraft kehrte zurück. Man konnte regelrecht hören, wie das Herz, das gerade gebrochen worden war, wieder zusammenwuchs. Er half Mia auf die Beine und sprach sehr belehrend zu Maximilian. „Ihr werdet bekommen, wonach Ihr sucht. Jedoch unter zwei Bedingungen. Zum einem müsst Ihr Versprechen, niemanden von diesem Ort zu erzählen. Zum anderen müsst Ihr Mia zur Frau nehmen." Maximilian musste husten, denn damit hatte er nicht gerechnet. „Ich habe eine Frau", sagte Maximilian. „Ja, aber ihr seid Ihr nicht versprochen. Mia hat sich Euch versprochen, in dem Moment, als sie sich Euch hingegeben hat." Maximilians Augen wurden immer größer. Seine Gedanken kreisten wild umher. Sollte er dieser Heirat zustimmen um an die Wasserquelle heranzukommen. Für einen Moment dachte er daran einfach Eldaron zu töten, doch dieser erkannte seine Gedanken. „Wenn Ihr Mia nicht zur Frau nehmt, werdet ihr es nicht schaffen, die Wasserquelle zu erreichen. Sie ist durch Magie geschützt, die Eure übersteigt."

Eldaron drehte sich zum Wasser und führte eine kreisförmige Handbewegung in der Luft aus. Dann stieg Nebel aus dem Wasser hervor und bildete eine Wand. „Ihr fragt Euch, weshalb Ihr diese Aufgabe bekommen habt?" Eldaron blickte dabei ernsthaft zu Maximilian. Die Nebelwand zeigte seinen Drachen Ekimora, der in einer anderen Zeit lebte. Diese Welt war untergegangen und nur noch der Drache und einer der Hohepriester überlebten. Sie behüteten das Wissen aus jener Zeit, bis eines Tages Maximilian zurückkehren und dadurch eine neue Welt erschaffen würde. Dafür brauchte er das Wasser. Die Rückkehr in seine Welt würde jedoch wieder bedeuten Layla zurückzulassen und von ihr getrennt zu sein. Eldaron ließ den Nebel lichten und sprach: „Wie Ihr seht, werdet Ihr in Eure Welt zurückkehren, denn es ist Eure Aufgabe sie zu retten. Glaubt ihr, Layla wird Euch dorthin folgen?" Maximilian versuchte seine Gedanken zu ordnen. Eldaron nahm Mia an die Hand und stellte sie vor Maximilian. „Mia könnte Euch begleiten und Euch eine gute Frau sein." Er reichte Mias Hand Maximilian. „Oder wollt Ihr, dass Eure Welt für immer verloren ist." Zögernd reichte Maximilian seine Hand Mia. „So soll es sein", sprach Eldaron entzückt.

Im nächsten Moment tauchten die restlichen Frauen des Dorfes in wunderschönen weißen Gewändern, durchzogen mit goldenen Streifen, auf. Sie schwebten regelrecht um die beiden. Dann stellten sie sich in einem Halbkreis auf und Eldaron versiegelte den Bund der Ehe zwischen den beiden. „Dieser Bund wird Euch in alle Ewigkeit miteinander verbinden." Mia bekam vor lauter Glück wässrige Augen. Auch Maximilian bekam wässrige Augen, doch von dem Schmerz, den er in seiner Brust fühlte. Die Frauen aus dem Dorf warfen Blütenblätter über die beiden. Raya trat an Mia heran und küsste sie auf ihre Stirn. Sie mussten keine Worte austauschen. Mia wusste, dass Raya sie gehen ließ und ihr vergeben hatte, dass sie sich für Maximilian entschieden hatte.

Eldaron öffnete seine Hand und sagte Maximilian, dass er ihm das Gefäß geben solle. Dieser reichte es ihm und Eldaron ging ins Wasser hinein. Er füllte zuerst das Horn mit Wasser, hob es an seinen Mund und blies vorsichtig hinein. Ein Summen erhellte den Ort und das Wasser wechselte seine Farbe auf ein schillerndes Grün. Erst jetzt befüllte er das Gefäß und reichte es Maximilian. „Weshalb ist das Horn so wichtig für Euch?", wollte Maximilian wissen. „Wir suchen schon seit langer Zeit nach dem Horn, denn die Reinheit der Wasserquelle kann nur mit dem Horn aufrechterhalten werden und so hatte das Wasser fast seine ganze heilende Kraft verloren. Das Horn gehört an diesen Ort." Maximilian gab mit einem Nicken zu verstehen, dass er das Horn Eldaron überließ.

Mia hielt die ganze Zeit die Hand von Maximilian und als dieser sich umdrehte, hielt ihn Eldaron zurück. „Wir brauchen Mia noch für ein letztes Mal. Raya wird Euch inzwischen zum Ausgang begleiten." Raya trat sogleich an ihn heran. „Mia wird Euch bald folgen." Maximilian dachte daran, ohne Mia abzureisen und erntete einen bösen Blick von Raya.

Die Frauen führten Mia ins Wasser und entfernten ihr Kleid. Nackt legte sie sich ins Wasser, umgeben von Seerosen. Eldaron drehte sich zu ihnen, nachdem er sicher war, dass Maximilian durchs Portal hindurchgegangen war. Als Raya wieder zurückkehrte, standen die Frauen bereits im Kreis mit erhobenen Händen und sangen ein Lied. Die liebliche Melodie berührte deren Herzen. Eldaron kniete neben Mia im Wasser. So wie sie eine Magierin wurde, welche die Wasserquelle beschützte, wurde sie nun von dieser Aufgabe entbunden. Eine neue Aufgabe wurde ihr zuteil. Die Aufgabe auch weiterhin die Wasserquelle zu beschützen. Doch dieses Mal nicht im Dorf, sondern an der Seite von Maximilian. Sie sollte sicherstellen, dass Maximilian kein Wort über die Wasserquelle verlor. Zu niemanden. Ansonsten würde sie Maximilian töten und jeden der davon erfuhr.

Maximilian ging einige Schritte in den Wald hinein und drehte sich nochmals zum Portal um, dann beschloss er auf Mia zu warten. Er konnte vor seiner Verantwortung nicht flüchten. Sie würde ihn einholen. Maximilian atmete einige Male tief durch.

Hier war es Nacht und es war frisch. Er konnte seinen Atem sehen, dennoch tat ihm die Kälte gut. Er versuchte sich zu sammeln und wieder klare Gedanken zu fassen. Er hatte kaum die Gelegenheit Zeit mit Layla zu verbringen. Endlich hat er das Leben, was er sich immer gewünscht hatte und nun war sein Schicksal besiegelt mit Mia an seiner Seite. Gerade als er daran dachte, wie er es Layla beibringen sollte, trat Mia aus dem Portal heraus und lächelte ihn an. Es war Zeit zu gehen. Maximilian reichte ihr die Hand und sie gingen zurück ins Dorf, um einige Sachen zusammenzupacken. Mia holte zwei Pferde und sie ritten in die Nacht hinein.

28

Währenddessen war Jess-K in Richtung der Bergspitzen ins Tal geritten. Die Sonne stand am Zenit. Es war heiß und Schweißtropfen bildeten sich auf seiner Stirn. Er machte eine Pause an einem Wasserlauf. Dabei zog er sein Hemd aus. Mit nacktem Oberkörper beugte er sich übers Wasser und goss sich einen Schwall ins Gesicht. In diesem Moment stieß ihn etwas und er fiel vornüber ins Wasser.

Als er sich hochrappelte und zurück blickte, sah er drei Männer, welche sich köstlich amüsierten. Einer von ihnen hielt die Zügel seines Pferdes und ein Zweiter durchsuchte seine Satteltaschen. Er zog den Säbel heraus und betrachtete ihn von allen Seiten. Jess-K fluchte leise über seine Unaufmerksamkeit. Jetzt war er unbewaffnet. „Wer seid ihr?", fragte Jess-K die Männer. „Ach, wir sind nur ein paar Gauner, immer auf der Suche nach einem Opfer." Dabei schaukelte der Mann seinen Körper hin und her, als würde er Jess-K auf den Arm nehmen. „Das hier sieht sehr wertvoll aus", sagte der zweite Mann und hielt den Säbel nach oben. Dann steckte er den Säbel mit der Spitze voran in den Boden und suchte weiter in den Satteltaschen nach Brauchbarem. Jess-K hielt den Atem an, als der Mann die Karte hervorzog und sprach leise einen Zauber, doch dieser funktionierte nicht. Jess-K war zu wenig gelehrt in der Magie, als dass sie ihm in dieser Situation hätte helfen können. „Was ist denn das?", murmelte der Mann und rollte das Papier auseinander. Nachdem er eine Weile darauf geblickt hatte, trat er zu den anderen. Diese steckten ihre Köpfe zusammen und tuschelten. Jess-K machte einen Schritt im Wasser, doch einer der Männer drehte sich sogleich zu ihm. „Nein, denk nicht mal dran." Jess-K verharrte in seiner Bewegung, bis kurz darauf ein Mann zu ihm ins Wasser trat. Er hatte einen Strick in der Hand und fesselte Jess-Ks Hände am Rücken.

Sie schleppten ihn zu einer naheliegenden Hütte und warfen ihn unsanft in eine Ecke. Jess-K versuchte die Fesseln zu lösen, doch sie saßen einfach zu fest. Einer der Männer setzte sich an den Tisch, während ein zweiter einige Krüge und Flaschen holte. Der dritte Mann warf Jess-Ks Säbel in eine Ecke und setzte sich ebenfalls. Kurzerhand stießen sie an, tranken und steckten ihre Köpfe zusammen. Dabei tuschelten sie. Jess-K konnte nicht verstehen, was sie sagten. Er erblickte eine Axt in der Nähe von ihm sich liegen und rutschte vorsichtig in dessen Richtung. Im nächsten Moment schauten die Männer zu Jess-K und dieser erstarrte in seiner Bewegung. Sie hatten jedoch nicht bemerkt, dass sich Jess-K bewegt hatte. Er musste vorsichtig sein. Einer der Männer erinnerte Jess-K an einen Falken. Es war jener, der mit ihm am Fluss gesprochen hatte. Der „Falke" zog die Karte aus seiner Tasche und breitete sie auf dem Tisch aus. Er tippte mehrmals mit dem Finger darauf und zeigte dann aus dem Fenster in Richtung der Bergspitzen. Er musste erkannt haben, dass die Karte mit den Bergspitzen zusammen hing. Jess-K hatte mittlerweile die Axt erreicht, doch diese stand ungünstig an der Wand, so dass er die Klinge nicht erreichen konnte. Er nieste laut und warf dabei geschickt mit dem Ellenbogen die Axt um. Sein Niesen überdeckte den Ton des Aufpralls der Axt. Als die Männer sich umdrehten, versuchte Jess-K mit seiner Schulter seine Nase zu erreichen, um sie abzuwischen. Dadurch drehten sie sich wieder von ihm weg. Sie hatten seine List nicht durchschaut. Jess-K rutsche zur Axt und drehte die scharfe Seite nach oben, damit er seine Fesseln durchschneiden konnte.

Nach einer Weile hatten sich seine Fesseln gelöst. Deshalb griff er nach der Axt, stand auf und schlug die Axt voller Wucht in den Tisch zwischen den Männern, die vor lauter Schreck erstarrten. Jess-K hatte erkannt, dass von den Männern keine Gefahr für ihn ausging. Im Gegenteil. Vielleicht konnten sie ihm helfen. Er blickte in deren Gesichter und sprach: „Habt ihr von dem Grafen gehört?" und kaum merklich nickten die Männer. „Er soll unbesiegbar sein", sprach Jess-K weiter und die Männer warteten immer noch ab, worauf Jess-K eigentlich hinauswollte. „Ich werde ihn besiegen!" Nachdem die Männer verdutzt drein blickten, begannen sie zu kichern. „Du?", lachte der Falke, dessen richtiger Name Domkn war. Auch die anderen beiden begannen daraufhin lauthals zu lachen. Jess-K fand die ganze Szene so amüsant, dass er selbst lachen musste. Dann wurde seine Miene ernst. „Ja" und tippte mit seinem Finger auf die Karte, welche vor ihnen am Tisch lag. „Mit dieser Karte ist es möglich." Domkn zog die Karte an sich heran und betrachtete sie ernsthaft. „Wie?", wollte er wissen. Jess-K setzte sich auf den freien Stuhl und begann zu erklären, was er letzte Nacht entdeckt hatte. Die Männer kamen aus dem Staunen nicht mehr heraus. „Ich bin dabei", sprach Domkn sofort und Jess-K nickte. Auch einer der anderen Männer nickte und fragte: „Was können wir tun?" Nur der Dritte von ihnen blieb skeptisch und wandte ein: „Wir haben uns bis jetzt gut mit unseren Gaunereien über Wasser gehalten. Weshalb sollten wir unser Leben riskieren für jemand, der unbesiegbar ist." Der zweite Mann entgegnete: „Stell dir nur mal vor, welch Reichtum uns bevorsteht, wenn wir den Grafen besiegen. Das Volk wird uns als Helden feiern und wir können ungestört die Schatzkammer des Grafen plündern." Seine Augen strahlten.

29

Layla hielt sich immer noch bei den Druiden auf. Sie hatte bis jetzt ihren Sohn bei seiner Prüfung zum König, durch Bilder in der Kugel des Sehens, verfolgt. Plötzlich begann die Kugel aufzuflackern und zeigte Maximilian, wie er an der Wasserquelle mit Mia vermält wurde. Layla stockte der Atem. Sie wusste nicht, ob die Kugel ihr die Wahrheit aufzeigte oder einfach nur Laylas Ängste. Sie rief nach dem Druiden Terdan, der kurz darauf den Raum betrat und besorgt auf die Kugel starrte, die Maximilian mit Mia zeigte, wie sie vom Pferd abstiegen und Mia seine Arme um Maximilian legte und ihn leidenschaftlich küsste. Maximilian ließ sich ganz auf den Kuss ein. Layla schüttelte schockiert den Kopf und der Druide trat an Layla heran. „Er hat sie geheiratet", stotterte Layla. Terdan erhob seine Hand und die Kugel begann Maximilians Geschichte rückwärts zu spulen. Layla konnte sehen, dass Maximilian eine Aufgabe, geknüpft an einen Feuerring auferlegt worden war und er zuvor in der Drachenhöhle war. Tränen rannen ihr herunter. Sie war total geschockt. Selbst dem Druiden hatte es die Sprache verschlagen und er stotterte: „Er hat eine Aufgabe erhalten, die mit einem Feuerring an sein Leben gebunden ist. Er kann dieser Aufgabe nicht entfliehen, ohne dabei zu sterben." Layla taumelte rückwärts. Sie hatte das Gefühl, dass ihr Herz herausgerissen wurde. Die Wand hinter ihr spürend, versuchte sie sich festzuhalten, doch sackte zusammen und Terdan rannte zu ihr.

In diesem Moment erschütterte ein heftiges Beben den Ort. Staub fiel von der Decke. Terdan rüttelte schockiert an Layla. Ihre Augen standen weit offen und starrten ins Leere. Es war nicht nur ihr Herz gebrochen. Sie ist in einen Abgrund gestürzt, in dem es keinen Halt mehr gibt. Eine weitere Erschütterung der Erde. In diesem Moment schoss ein Blitz aus der Kugel hervor und Elilia, eine der sieben Hüterinnen der 7 Säulen, erschien vor Terdan. In einer Hand einen Stock haltend, schien sie sehr aufgebracht.

„Terdan", sprach sie in einem fordernden Ton und sah erst jetzt, wie Layla auf dem Boden lag. „Eine der 7 Säulen ist versteinert." Terdan wusste um die 7 Säulen, die das Land beschützten, während die Magie noch nicht vollständig aktiviert war, doch erst jetzt erkannte er, was die 7 Säulen wirklich waren. Es waren Menschen, die magische Fähigkeiten hatten, wie Elilia. Sie war eine dieser Magierinnen und somit eine der 7 Säulen. Er blickte zwischen Elilia und Layla hin und her. Während Elilia ihm zustimmend zunickte, erfasste Terdan, dass Layla ebenfalls eine dieser Säulen war. Eine weitere Erschütterung. „Bis auf weiteres war dieses die letzte Erschütterung", sprach Elilia. „Denn Layla war die 3. Säule und somit gab es drei Erschütterungen." „Wie können wir Layla zurückholen?", fragte Terdan. Kopfschüttelnd sprach Elilia. „Das können wir nicht, aber zwei deiner jungen Druiden können es. Es ist ihre Aufgabe. Deshalb wurde bei ihnen die Magie aktiviert." Und sie verschwand wieder. Terdan rief einige andere Druiden herbei und sie halfen, Layla in einen anderen Raum zu tragen und auf ein Bett zu legen. Dann zog sich Terdan zurück.

30

Zur gleichen Zeit als Layla zusammenbrach, spürte Maximilian einen Stich in seinem Herzen. Er hatte das Gefühl, dass ihm jemand ein Messer von hinten ins Herz gestochen hatte. Er löste sich von Mia und griff sich an seine Brust. Der Schmerz durchzog seinen ganzen Körper. „Was hast du Maximilian?" Dieser hustete. Trotzdem forderte er Mia auf, weiterzugehen.

31

Die 7 Säulen waren gebunden an schreckliche Ereignisse. Magie kann immer nur Gutes tun, wenn es dafür einen Gegenpol gibt. Das wären in diesem Fall Katastrophen. Elilia erschien in ihrer bescheidenen Hütte im Wald. Sie wusste, dass sie eine dieser Säulen darstellte. Sie war die Nummer 6. Sie kannten sich untereinander nicht. Sie musste die anderen Magier finden, die ebenfalls Säulen waren. Sie hatte Layla lediglich gefunden, da die Säule versteinerte.

32

Währenddessen lag Layla bewegungslos auf dem Bett. Sie hatte das Gefühl in einem tiefen Fall zu sein, bei dem es kein Ende gab. Es war dunkel um sie herum.

Jemand betrat den Raum und sprach zu den anderen: „Lasst mich allein." Es war einer der Druiden, dessen Magie aktiviert wurde. Er war sehr jung und setzte sich an ihr Bett. Seine Freundin trat ebenfalls ein und setzte sich auf die andere Seite des Bettes. Die beiden jungen Druiden blickten sich verliebt an und schauten dann betrübt zu Layla. „Wir hatten eine Vision. Eine Vision, in der eine Plage auf uns einstürzen wird."

In diesem Moment konnte Layla die Bilder der beiden Druiden empfangen. Sie sah sich auf einem Hügel stehend und blickte in ihr Land hinein. Plötzlich wurde der Himmel dunkel. Erst sah es aus wie eine dunkle Wolke, doch diese bewegte sich sehr rasch. Jetzt erkannte sie, dass es sich um riesige dunkle Vögel handelte, die über das Land hereinfielen. Schreie. Sie hörte überall Schreie der Menschen, die sich versuchten vor den Vögeln in Sicherheit zu bringen.

Die beiden jungen Druiden unterbrachen die Vision, denn Layla hatte genug gesehen und ihr Körper zuckte. Sie musste zurückkehren um ihrem Volk zu helfen. In diesem

Moment endete ihr innerer Fall und sie spürte Boden unter ihren Füßen. Sie stand auf einem weißen Punkt und alles andere war Schwarz um sie herum. Sie schaute sich um, konnte jedoch nichts erkennen. In diesem Moment erschien ein weiterer weißer Punkt vor ihr und die beiden jungen Druiden erschienen darauf. „Wo bin ich hier?", fragte Layla. „Ihr seid zusammengebrochen und versteckt Euch vor Eurem Schmerz. Doch solange ihr Euch versteckt, wird der Schmerz, den ihr verdrängt habt, Eurem Volk die Plage bringen, welche wir Euch gezeigt haben." Layla schluckte. Das war nicht ihre Absicht. „Was kann ich tun?" „Ihr müsst Euch Eurem Schmerz stellen. Wir werden Euch helfen." Und jeweils einer von ihnen reichte Layla eine Hand. Sie standen nun zu dritt in einer Reihe. Layla in der Mitte. Sie blickte in das tiefe Schwarz vor sich hinein. „Seid Ihr bereit?", sprach der Junge. Layla nickte und das Schwarz lichtete sich. Sie standen auf einem Feld und die Vögel griffen an. Layla sprach einen Zauber, gemeinsam mit den Druiden und die Vögel lösten sich in Luft auf. Als Layla sich bei den beiden bedanken wollte, merkte sie, dass diese verschwunden waren.

Sie blinzelte und kam langsam im Bett wieder zu sich. Dann blickte sie sich im Raum umher und glaubte allein zu sein. Dabei durchfuhr sie ein ungutes Gefühl und als sie sich aufsetzte, erblickte sie die jungen Druiden, die tot seitlich ihres Bettes lagen. Die Kraft war aus beiden regelrecht herausgesaugt worden. Sie sahen aus, als würden sie schon tausende Jahre hier liegen. Layla war bestürzt darüber, dass zwei Leben für ihres geopfert wurden.

Terdan betrat in diesem Moment den Raum und sprach ruhig zu Layla: „Ihre Magie wurde aktiviert, um Euch auf Eurem Weg zu unterstützen. Sie haben ihr Leben gegeben, um Euch zu retten und damit Eurem Volk eine Plage zu ersparen. Doch die Gefahr ist noch nicht vorbei." Tiefe Besorgnis lag in der Luft.

33

Während Layla versuchte mehr über die Säulen herauszufinden, betrat Maximilian mit Mia eine abgelegene Kirche. Dort suchten sie Schutz vor dem aufkommenden Gewitter. Es hatte bereits zu regnen begonnen und beide waren bis auf ihre Haut durchnässt. Maximilian sah in die Augen von Mia und hatte das Gefühl sie schon lange zu kennen. Er legte seine Hand um ihre Taille und küsste sie. Dann zogen sie ihre Kleider aus, machten es sich auf dem Boden vor dem Kirchenaltar bequem und liebten sich.

Als Mia in den Armen von Maximilian lag, erinnerte er sich wieder an Layla. Ein weiterer Stich durchzog seinen Körper. Er wusste nicht weshalb, jedoch schien Layla immer mehr in seiner Erinnerung zu verschwinden und stattdessen nahm Mia den Platz von Layla ein. Er zog seine Augenbrauen zusammen und blickte in den Altarraum. Dort erblickte er einen Dolch und er fragte sich, ob hier Magie im Spiel war, dass er sich so schnell für Mia öffnete. Einen Augenblick lang überlegte er, ob er Mia den Dolch in ihre Brust rammen sollte, um alledem ein Ende zu bereiten.

In diesem Moment erschien ein Bild von Layla über dem Altar in der Luft schwebend. „Komm zurück. Es droht Gefahr", sprach Layla und das Bild verblasste sogleich wieder. Maximilian schaute zu Mia, die in seinen Armen erschöpft eingeschlafen war. Sie waren fast die ganze Nacht unterwegs gewesen. Auch Maximilian spürte die Müdigkeit. Sie mussten warten, bis das Gewitter vorüber war. Dann schlief er ein.

Es donnerte und Maximilian erwachte und erstarrte sogleich. Er stand mehreren Männern, die wie Barbaren aussahen, gegenüber, die mit Speerspitzen auf sie zeigten. Sie waren ungewaschen und stanken. Maximilian blickte zu Mia und auch diese erwachte. Erschrocken erkannte sie, dass sie nicht nur in größter Gefahr waren, sondern auch nackt unter der Decke lagen. Ihre Kleider hatten sie auf die Bänke in der Kirche zum Trocknen gelegt.

Während mehrere der Männer sie mit den Speeren im Zaum hielten, durchsuchten andere ihre Sachen. Mia schmiegte sich fest an Maximilian, um ihm unauffällig etwas ins Ohr zu flüstern. Sanft nickte Maximilian und zeitgleich sprachen sie einen Zauber. Die Männer erstarrten in ihrer Bewegung. Sie sollten jedoch durch den Zauber in die Luft geschleudert werden. „Teufelswerk", schrie einer der Männer und stach Maximilian einen Speer tief ins Herz. Ungläubig starrte Maximilian auf den Speer, der ihn durchbohrte. Blut rann an der Wunde herunter. Mia beugte sich über ihn. Dabei rutsche die Decke herunter. „Schaut euch dieses Prachtweib an", sprach einer der Männer in einem verächtlichen Ton und ein anderer zog Mia an den Haaren von Maximilian fort. Sie konnte gerade noch nach der Decke greifen. Die Männer hatten alles gefunden, was sie brauchten. Maximilian atmete nur noch schwer und der Mann zog seinen Speer wieder heraus. „Der verreckt jeden Moment. Lasst uns gehen." Als die Männer mit Mia und ihren Wertgegenständen die Kirche verließen, griff Maximilian an das Fläschchen, welches das Quellwasser enthielt. Mit letzter Kraft trank er einen Schluck und die Wunde begann sofort zu verheilen.

34

Layla konnte spüren, dass Maximilian etwas zugestoßen war. Sie begab sich zum Raum mit der Kugel des Sehens, doch diese blieb dunkel. Ärger stieg in ihr hoch. Deshalb suchte sie nach Terdan, der sich im Garten aufhielt. „Ich muss Euch verlassen. Ich muss Maximilian finden." „Nein, Layla. Ihr solltet hier bleiben. Jetzt, wo wir wissen, welche Verantwortung Ihr habt, ist es da draußen zu gefährlich für Euch. Wenn Euch etwas zustößt, wird die Plage trotzdem auf unser Land hereinbrechen." „Weshalb bleibt die Kugel dunkel?", fragte Layla und dieses Mal wurde ihr Ton hart. „Was ist mit Maximilian?" „Er wird nicht zu Euch zurückkehren. Sein Weg ist ein anderer." Layla schüttelte den Kopf. „Weshalb sollte all das passieren, wenn wir dann doch nicht zusammen sein können." Terdan seufzte. „Ich kann es Euch nicht sagen Layla. Ich kann Euch nur bitten, dass Ihr nichts Unverantwortliches tut und hier in Sicherheit bleibt." „Nichts Unverantwortliches?", dachte Layla und verließ wortlos den Raum.

35

Ein Vogel der heraufziehenden Plage hatte unbemerkt überlebt.

Auch wenn Laylas tief verborgener Schmerz geheilt wurde, so sah sie dennoch nicht über den Verrat von Maximilian mit Mia hinweg. Ihr Herz hatte immer noch einen schwarzen Fleck.

Der schwarze Vogel setzte vor dem Eingang des Schlosses in der Stadt Higesta ab und begann mit seinem Schnabel in den Boden zu picken. Die Leute rannten hektisch zurück in ihre Häuser, denn der Vogel hatte die Größe eines Menschen.

Isia stand am Fenster des Schlosses. Sie spürte, dass sie keine Magie mehr hatte und fühlte sich hilflos und allein gelassen. Immer heftiger pickte dieser Vogel in den Boden und zog dann etwas kleines Schwarzes heraus. Er kaute es und schluckte es hinunter. „Was das wohl war?", fragte sich Isia. Für sie sah es so aus, als hätte der Vogel genau nach diesem Etwas gesucht. Dann hob er ab und setzte sich auf den Turm des Schlosses und begann lautstark zu krähen. Die Menschen hielten sich die Ohren zu und erschauerten. Dieser Vogel war ohne Zweifel das ultimative Böse.

36

Isia beschloss nochmals in den Wald von Kanan an den Wasserfall zurückzukehren und die Wasserwesen um Erlaubnis zu bitten, um ihre Magie wieder zu erhalten. Sie hatte erkannt, dass eine Welt ohne Magie für sie nicht in Frage kam und sie wollte auch nicht Königin dieses Landes sein.

Kurze Zeit später beim See angekommen, summten die Wasserwesen ihr liebliches Lied. Sie trat an den See und trug ihre Bitte vor. Die Wasserwesen summten im Einklang: „Es war Euer innerster Wunsch. Erst wenn Euer Bruder seine Prüfung besteht, wird es für Euch wieder möglich sein, Magie zu erhalten. Jedoch nur, wenn es auch sein Wunsch ist." Isia schossen Tränen in die Augen. Ihr Bruder hatte es nun in der Hand, ob sie je wieder Magie anwenden durfte. Wie konnte sie nur so töricht sein und ihre Trauer schlug in Wut um. Dabei schlug sie Äste zur Seite, setzte sich aufs Pferd und ritt im raschen Galopp davon.

37

Maximilian lag stöhnend in der Kirche und brauchte einen Moment bis seine Wunde vollständig geheilt war. Er hielt das Fläschchen nach wie vor fest in seiner Hand und hoffte, dass noch genug darin war, um seine Welt zu retten. Dann zog er seine Kleidung an, die zum Glück gut getrocknet war und packte auch Mias Kleider ein, die lediglich mit einer Decke bekleidet war, als sie entführt wurde. Er verharrte für einen Moment. Er könnte nun einfach gehen. Mia glaubte sicher, dass er tot sei und würde nicht nach ihm suchen. Er biss sich auf die Zähne, denn in diesem Moment glühte sein Handgelenk auf. Ein Feuerring erschien und höllische Schmerzen durchzogen ihn.

Auch Layla schrie auf. Auch sie konnte den Feuerring von Maximilian spüren. Sie musste etwas unternehmen. Deshalb schlich sie rasch zum Ausgang der Druidenhöhle, holte sich ihr Pferd, stieg auf und ritt davon. Terdan beobachtete sie. Er wusste, dass er sie nicht aufhalten konnte.

38

Zur gleichen Zeit legte der Vogel auf den Turm des Schlosses ein Ei. Er hatte mittlerweile Zweige und Äste besorgt und ein richtiges Nest gebaut.

39

Maximilian durchsuchte seinen Rucksack. Der Zauberstab und sein Dolch waren noch da, da sie an der Seite des Rucksackes in einem Geheimfach versteckt waren und vermutlich von den Männern nicht gesehen wurden. Der kleine Kessel hingegen wurde mitgenommen. Er packte alles ein, steckte den Zauberstab in seinen Gürtel und ging nach draußen. Zu seiner Verwunderung waren die Pferde noch da. „Weshalb würden sie die Pferde hierlassen?", dachte er. Das alles machte keinen Sinn und vor allem, weshalb hatte ihre Magie bei ihnen nicht funktioniert. Maximilian sprach einen Zauber, der die Spuren der Barbaren sichtbar machen sollte. Doch auch dieses Mal. Nichts. Dann nahm er den Zauberstab aus seinem Gürtel und probierte es nochmal. Dieses Mal wurden die Spuren sichtbar. Verwundert blickte Maximilian auf den Zauberstab, steckte ihn wieder ein und ritt los.

40

Jess-K machte sich im Tal der Könige mit Domkn auf den Weg. Domkn hatte kurzerhand beschlossen, seine zwei Freunde geknebelt und gefesselt zurückzulassen. Diese Mission war zu wichtig und die beiden waren von Habgier und nicht von Intelligenz getrieben.

Zu zweit ritten sie durch dicht bewachsene Wälder, die als gefährlich galten. Nach einer Legende waren sie verzaubert. Das Gestrüpp verdichtete sich. Vorsichtig drosselten sie das Tempo und kamen kurz darauf nur noch schrittweise voran. Sie zogen ihre Waffen und schnitten sich einen Weg durch das Dickicht. Domkn hatte ihm erzählt, dass es einen anderen Weg um den Wald herum geben würde, dieser aber zu lange dauern würde. Deshalb entschieden sie sich, die Gefahren dieses Weges auf sich zu nehmen.

Gerade als Jess-K einen weiteren Ast durchschnitt und dieser zu Boden viel, eröffnete sich vor ihm eine größere Ausbuchtung. Die Äste darin hingen dörr und verwelkt nach unten. Jess-K ekelte sich beim Anblick der darin hängenden Skelette. Auch Domkn atmete erst einmal tief durch. Wachsam stieg Jess-K von seinem Pferd und ging einen Schritt in die Ausbuchtung hinein. Sein Säbel schimmerte blau. Domkn folgte ihm und tippte ein am Baum hängendes Skelett an. Ein kurzes Klimpern erklang und Domkn lief ein kalter Schauer über den Rücken. Er drehte sich zu Jess-K, der in die Mitte der Ausbuchtung getreten war und sich auf den Boden kniete. Die Erde sah verbrannt aus. Ein Symbol, das aussah wie mehrere Dreiecke ineinandergeflochten, war darin eingeritzt. In dem Moment als Domkn an Jess-Ks Seite trat, durchzuckte ein dunkler Schatten das Symbol und erwachte zum Leben. Es waren Schlangen, die begangen, sich in ihre Richtung zu bewegen. Jess-K sprang auf und trat einen Schritt zurück, während Domkn sein Schwert auf die Schlangen richtete. Jess-K hielt ihn jedoch zurück.

„Warte", sagte er. Zu dessen Verwunderung sprach Jess-K einen Zauber. „Helat. Diey. Waep" und die Schlangen verwandelten sich in einen sprechenden Kopf. Domkn schmunzelte. Der Anblick eines Kopfes, ohne Körper am Boden liegend, mit spitzem Bart und schütterem weißen Haar, sah sehr witzig aus. Die Augen des Kopfes rollten umher, während der Kopf selbst bewegungslos blieb. Er zog seine Augenbrauen hoch und wackelte mit den Ohren. Jess-K fragte: „Was ist hier passiert?" und der Kopf antwortete mit einer tiefen hallenden Stimme. „Der Geist von Aaron wütet in diesem Wald. Wir, die Schlangen und Tiere sind seine Diener." „Und wer ist dieser Geist von Aaron?", wollte Jess-K weiter wissen, doch der Kopf weigerte sich weiter zu sprechen. Er verzog gehässig sein Gesicht. Jess-K nahm seinen Säbel und hielt es an dessen rechtes Auge. „Wenn du nicht willst, dass ich dir ein Auge nach dem anderen aussteche, sag mir was ich wissen will." Die Augenbrauen zogen sich in der Mitte zusammen. Falten legten sich auf seine Stirn und die Augen schielten auf die Spitze des Säbels. Dann ein höhnisches Lachen. „Es gibt zu viele von uns, als dass ihr uns alle töten könnt." Domkn beobachtete, wie Jess-K sich vor den Kopf kniete und ihm etwas ins Ohr flüsterte. Er konnte es nicht verstehen, doch verwundert musste er zusehen, wie der Kopf wieder zu sprechen begann, nachdem er sich ein paarmal räusperte. „Es ist dunkle Magie, die der Graf erschaffen hat, damit niemand den Kristall finden kann." „Du weißt also, wo er ist?", fragte Jess-K. Doch die Augen des Kopfes schwenkten hin und her. „Wir haben die Aufgabe, jeden zu töten, der diesen Weg entlang kommt", grinste der Kopf und wurde dann wieder ernst. „Für uns ist dies jedoch kein Leben. Wir sind versteinert, bis Gefahr droht. Erst dann erwachen wir zum Leben und nachdem die Gefahr beseitigt ist, versteinern wir wieder." Eine Träne begann sich am Rande des rechten Auges zu bilden und rann seitlich der Wange entlang, bis sie auf den Boden tropfte. „Wie wollt ihr Euer Versprechen einlösen?", fragte der Kopf neugierig und zog dabei Luft in den Rachenraum. Es klang eklig, dann spuckte er auf den Boden. „Ich habe einen etwas rauen Rachen", sagte der Kopf und

Domkn musste Grinsen. „Was hast du ihm versprochen?“, wollte er wissen. Jess-K stand auf und drehte sich zu ihm. „Ich habe ihm gesagt, dass ich den Wald einfach niederbrenne und alle töte, doch wenn er mir hilft, würde ich sie von dem Fluch befreien.“ Domkn war sich nicht sicher, ob Jess-K wirklich vor hatte ihnen zu helfen oder er den Kopf nur benutzte, um zu bekommen, was er wollte, denn Jess-K zwinkerte ihm zu. Egal wie, es war ein geschickter Schachzug. „Was ist jetzt?“, rief der Kopf den beiden hinauf. Jess-K und Domkn schauten den Kopf an und Jess-K packte ihn an einem Haarbüschel und zog ihn hoch. Der Kopf befand sich jetzt auf gleicher Höhe. „Weißt du, wo die Fallen lauern?“, fragte Jess-K. Der Kopf zog seine untere Lippe nach vorne. „Hmmm, die meisten jedenfalls“ und setzte ein schelmisches Grinsen auf.

Sie gingen zurück zu den Pferden. Domkn nahm ein Seil und band damit die Haare des Kopfes zusammen. Jess-K befestigte das andere Ende an seinem Sattel und stieg auf. Der Kopf baumelte auf der hinteren Seite seines rechten Fußes. Mit einer Grimasse sprach der Kopf: „Das wird holprig werden.“ Domkn stieg ebenfalls auf und grinste. Gemeinsam ritten sie durch die Ausbuchtung. Dabei schoben sie einige Skelette auf die Seite. Weiters schnitten sie sich ihren Weg durch den Wald.

41

Schon nach kurzer Zeit kam Maximilian in ein Dorf, das sich tief versteckt im Wald befand. Sie hatten Hütten, die nicht nur auf dem Boden, sondern auch auf den Bäumen gebaut waren. Leitern und Brücken verbanden die Hütten untereinander. „Sie scheinen nicht so dumm zu sein, wie sie aussahen“, dachte sich Maximilian. Er sprach mit dem Zauberstab einen Unsichtbarkeits-Zauber, wusste jedoch nicht wirklich, ob er funktionieren würde.

Vorsichtig trat er aus seiner Deckung hervor und bewegte sich aufs Dorf zu. Er hatte kein Schwert mehr, denn dieses hatten die Barbaren mitgenommen. Er hielt jedoch einen Stein zum Schutz in der einen und den Zauberstab in der anderen Hand. Der Zauber schien zu funktionieren und er näherte sich einem Lagerfeuer. Es war hier ziemlich dunkel, denn die Bäume ragten majestätisch in die Höhe, so dass kaum natürliches Licht bis zum Boden reichte. Ein kleiner Wasserfall plätscherte in der Nähe und Maximilian schaute sich um. Er sah zwei Männer etwas abseits aufgeregt tuscheln. Leise schlich er sich zu ihnen bis er das Gespräch der beiden mithören konnte.

42

Währenddessen kam Layla an die Stelle, in der Jess-K zu seiner Prüfung im Wald verschwunden war. Sie wurde langsamer bis sie schließlich ganz stehen blieb. Mit ihren Fingern suchte sie die genaue Stelle, an dem sich das Portal befinden sollte. Nachdem hier nur wenige Menschen durchkamen, konnte sie Abdrücke von Pferdehufen im Boden sehen, die abrupt aufhörten. Sie mussten von Jess-Ks Pferd stammen. Mit ihrer Hand fühlte sie, dass sich hier etwas Magisches befand.

Dann sprach sie einen Zauber, doch das Portal öffnete sich nicht. Stattdessen trat Arow wie aus dem Nichts hervor. Er war gekleidet als Domkn und veränderte vor Layla seine Gestalt, damit sie ihn als Arow erkennen konnte. „Was machst du hier, Layla." „Ich habe herausgefunden, dass ich eine der sieben Säulen bin und Maximilian uns verraten hat. Er hat eine andere Frau geheiratet." Selbst Arow, der mit Vielem gerechnet hatte, war sichtlich erstaunt über die aktuellen Ereignisse. Layla sprach weiter: „Ich wurde von zwei Druiden geheilt, dennoch spüre ich einen Konflikt in mir und er dehnt sich aus. Ich brauche deine Hilfe." „Ich kann hier nicht weg, Layla. Jess-K braucht mich."

Dann berührte Arow Laylas Pferd und hatte dabei eine Vision, in der Isia von einer dunklen Gestalt besetzt wurde. Er atmete tief durch und teilte Layla mit, was er gesehen hatte. „Du musst ins Schloss zurückkehren. Etwas Schreckliches wird passieren." Layla bedankte sich und ritt rasch nach Higesta.

Schon von weitem konnte sie das schreckliche Geräusch hören. Das Ei, welches der Vogel auf dem Dach des Schlosses gelegt hatte, wuchs in einem unnatürlichen Tempo und es würde bald schlüpfen.

Isia hatte bereits mehrere Wachen und Krieger aufs Dach geschickt, um den Vogel zu töten. Doch keiner von ihnen kam zurück. Sie vermutete, dass der Vogel sie bei lebendigem Leibe verspeist hatte.

Layla ritt durchs Stadttor zum Schloss, sprang ab und rannte regelrecht ins Schloss hinein auf der Suche nach ihrer Tochter. Isia hatte ihre Mutter kommen sehen und rannte ihr entgegen. Sie umarmten sich und als Isia sich löste, sah Layla in ein Gesicht voller Tränen.

Isia schluchzte, dass sie keine magischen Fähigkeiten mehr hatte, weil sie sich ein normales Leben ohne Magie gewünscht hatte. Sie bereute dies sehr und hoffte, dass ihre Mutter ihr vergab. „Ich kann verstehen, weshalb du so fühlst. Auch ich habe lange Zeit gehofft, dass du ein normales Leben führen wirst. Doch leider können wir uns unser Schicksal nicht aussuchen. Wir allen müssen dem Folgen, wofür wir gemeint sind." Sie schaute Isia liebevoll an. „Nur durch das Wegnehmen deiner Kräfte, hast du zu schätzen gelernt, wie wertvoll sie sind. Und wenn es dir bestimmt ist, dann wirst du sie wieder bekommen." Isia war dankbar für diese Worte und beruhigte sich.

Sie erzählte von dem Vogel und dass sie nichts gegen ihn ausrichten konnte. In diesem Moment ertönte ein schrecklicher Schrei. Er kam nicht vom Vogel, denn dieser Klang anders. Sie sprangen hinaus auf den Hof, von dem sie einen freien Blick zum Turm hatten. Mit Entsetzen starrten bereits alle Menschen der Stadt hinauf und sahen eine dunkle Gestalt. Sie bäumte sich auf und war so groß wie ein Mensch, jedoch war die gesamte Gestalt schwarz und schien körperlos zu sein. Die Gestalt formte einen roten Feuerball und schoss damit auf den Vogel, der in unzählige kleine Flammen zersprang. „Das ultimative Böse wurde wiedergeboren", stotterte Layla und Isia schaute sie erschrocken an. „Was meinst du damit?", stotterte sie.

„Es war, als ich die Herrschaft des Landes übernommen habe und gegen meinen Halbbruder Neveriti gekämpft habe. Er hat mir gesagt, dass die Zeit kommen wird, in der er Rache nehmen wird. Es wird das ultimative Böse sein."

Die Gestalt sauste vom Turm herunter. Layla erhob ihre Hände und schoss mehrere Zauber in seine Richtung, die ihn nur kurzfristig aufhielten. Die Gestalt näherte sich rasch Layla, doch sie konnte nichts mehr dagegen tun. Statt in Layla, drang die Gestalt in Isia ein und besetzte sie. Isia schien von einem Moment zum anderen wie paralysiert zu sein, umgeben von einem riesigen dunklen Schatten.

Die Menschen liefen hektisch umher. Das Grauen stand in ihren Gesichtern. Sie waren unfähig, klar zu denken und rannten rücksichtslos umher. Dabei warfen sie Stände um oder stießen mit anderen Menschen zusammen. Türen knallten und Fensterläden wurden geschlossen, wobei die meisten die Flucht aus der Stadt ergriffen.

Gesteuert vom ultimativen Bösen griff Isia mit ihrer Hand an Laylas Brust und saugte ihr ihre Lebensenergie aus. Layla alterte in Sekundenschnelle und bevor sie tot zusammenbrach, stoppte Isia. Layla fiel zu Boden. Sie war jetzt nur noch eine gebrechliche alte Frau.

Isia schoss einige Feuerbälle gegen die Wachen, die versuchten Layla zu retten. „Noch jemand?", schrie Isia mit einer tiefen Männerstimme. Es schien nichts mehr von Isia da zu sein. Einige Menschen hatten sich versteckt und andere standen regungslos da. „Ich bin jetzt eurer neuer Herrscher Neveriti." Mit einem verächtlichen Blick und Hohn wies er zwei Soldaten an, Layla in den Kerker werfen zu lassen. Mit zitternden Händen halfen zwei Soldaten Layla auf und bevor sie weggingen, berührte Isia sie und deren Augen wurden sofort schwarz. Jetzt hatten die Soldaten keinen eigenen Willen mehr und führten nur noch Befehle aus. So vorsichtig, wie sie Layla vorhin hochgezogen hatten, zerrten sie sie nun mit roher Gewalt ins Schloss und brachten sie in den Kerker. Sie selbst postierten sich vor der Zelle und blieben dort regungslos stehen.

43

Mittlerweile hatte Maximilian herausgefunden, wo sich Mia befand. Er hatte ein schlechtes Gefühl, denn Layla erschien ihm ständig und überall, wie ein Bildnis aus Nebel, das in der Luft schwebte. Als würde sie ihn verfolgen. Maximilian hatte Angst, trotz seines Zaubers gesehen zu werden und tatsächlich tippte ein Kind auf seine Schultern. „Du kannst mich sehen?", fragte Maximilian verwundert. „Ja, wir Kinder haben alle die Gabe." „Welche Gabe?", wollte Maximilian wissen. „Wir sehen Dinge voraus und so konnten wir auch sehen, dass ihr in der Kirche seid und welchen Zauber ihr benützen würdet. Daher konnten wir uns schützen." Dann stoppte das Kind, das nicht älter als 10 Jahre schien. Er hatte verstrubelte blonde Löckchen und wirkte richtig süß. „Jedoch konnten wir nicht sehen, dass Ihr überlebt." Seine Gesichtszüge veränderten sich. Dann trat er einen Schritt zurück und lief davon.

Maximilian wusste, dass er jetzt nicht mehr viel Zeit hatte und er kletterte eine Strickleiter den Baum hinauf, über einen Holzsteg, weiter zur ersten Hütte. Dort konnte er sehen, wie Mia an Händen gefesselt am Boden lag. Sie wurde offensichtlich gefoltert, denn ihr Gesicht war übel zugerichtet. Maximilian war verwundert, denn sie war allein. Deshalb trat er ein und kniete neben sie. Glücklicherweise hatte man ihr etwas zum Anziehen gegeben. Darüber war Maximilian erleichtert. Trotzdem wusste er nicht, was sie alles mit ihr gemacht hatten. Er streifte über ihr seidenes Haar und Mia öffnete leicht ihre Augen. „Du lebst und bist gekommen." Ein sanftes Lächeln huschte über ihr Gesicht. „Was haben sie mit dir gemacht?" „Sie wollten wissen, wo sich die Wasserquelle befindet." Sie schüttelte leicht ihren Kopf und Maximilian verstand. Sie hatte es nicht verraten. Er wusste, dass sie eher sterben würde, als es jemanden zu verraten. Rasch nahm er das Gefäß heraus und tröpfelte einige Tropfen davon in Mias Mund. Sofort begannen ihre Wunden zu heilen. Jedoch blickte Maximilian betrübt auf den Inhalt des Fläschchens, denn es war nun fast leer.

Mia setzte sich auf. Ihr war zwar noch etwas schwindlig, doch mit Maximilians Hilfe konnte sie aufstehen. Mit einem Zauber ließ er auch Mia unsichtbar werden in dem Wissen, dass die Kinder dieses seltsamen Dorfes sie trotzdem sehen würden. Doch der Kampf gegen Kinder war einfacher, als gegen alle diese Barbaren.

Er ging zur Hütte hinaus und blickte nach unten. Abrupt blieb er stehen, denn unter ihnen hatten sich dutzende Kinder versammelt. Selbst die Erwachsenen standen dort, von denen sie nicht gesehen werden konnten. Ein größerer Junge trat vor. Er hatte Stäbe in die Haare gebunden und wirkte wie der Anführer der Kinder. „Ihr könnt Euch vor uns nicht verstecken und Ihr werdet diesen Ort nicht verlassen, bis wir bekommen haben, was wir suchen." „Weshalb sucht ihr nach der Wasserquelle?", schrie Maximilian hinunter. Für die Erwachsenen schien es wie eine Stimme, die aus dem Nichts kam. Sie zogen ihre Schwerter, während Maximilian erkannte, dass alle Kinder unbewaffnet waren. „Wir wurden mit einem Fluch belegt und nur das Wasser aus der Quelle kann ihn auflösen." „Was ist das für ein Fluch?", schrie Maximilian nach unten. „Wir können nicht sterben." Maximilian runzelte die Stirn, denn er sah hier keine alten Leute. Er ließ Mia los, die sich wieder komplett erholt hatte und schrie zu dem Jungen hinunter, dass er heraufkommen solle, damit sie sich in Ruhe unterhalten konnten. So kam es auch und sie setzten sich zu dritt in die Hütte.

Der Junge namens Patrek begann zu erzählen, dass es einst Krieg gab zwischen ihrem Dorf und dem Nachbardorf. Eines Tages kam eine Hexe vorbei und die Dorfbewohner waren neugierig, was eine Hexe alles machen könnte. Nachdem sie im Dorf stets reichlich zu essen hatten, jedoch oft krank waren, wünschten sie sich ewige Jugend. Doch dies konnte nur geschehen, wenn sie diese Jugend jemanden nehmen würden und so kam es, dass die Hexe den Bewohnern des Nachbardorfes ewige Jugend schenkten und die Menschen in unserem Dorf nicht mehr sterben konnten, denn nur so wurden die anderen mit ewiger Jugend versorgt.

Im gleichen Moment schoss ein weißer Lichtstrahl aus der Stirn von Patrek und traf Maximilian und Mia direkt an deren Stirn. Sie sahen ein Bild von einem Ort, in dem es dunkel war und zahllose alte verwaiste Menschen umherirrten. „Sie wissen nicht, wie ihnen geschieht", sprach Patrek. Doch seither sind wir auf der Suche nach der Wasserquelle, denn nur sie kann uns von diesem Leid befreien. „Niemals", sprach Mia in einem harten Ton, doch Maximilian legte seine Hand auf die ihre. „Weshalb kann die Hexe den Zauber nicht rückgängig machen?" „Die Dorfbewohner hatten zu viel Angst vor der Hexe und sie überwältigten sie im Schlaf und steckten sie in einen Kessel. Es war ein Zauberkessel, der die Fähigkeiten der Hexe unterband. Sie kochten die Hexe bei lebendigen Leib." Maximilian erinnerte sich, dass er einen Kessel für diese Reise eingepackt hatte. „Vielleicht kann ich euch helfen", sprach Maximilian und Mia schaute ihn fragend an. „In der Kirche habt ihr mir einen kleinen Kessel gestohlen." „Ja", sagte der Junge, „wir haben vorausgesehen, dass er die gleichen Zauberkräfte hat, wie der Kessel, in der einst die Hexe gekocht wurde." Dabei schüttelte er den Kopf und senkte ihn betrübt. „Wir haben alles probiert. Wir brauchen das Wasser der Quelle." Maximilian fand eigenartig, dass die Kinder nicht gesehen haben, dass er ein Fläschchen hat, das das Wasser der Quelle beinhaltet. Mia erkannte seine Gedanken und flüsterte ihm ins Ohr, dass das Wasser der Quelle sich selbst beschützt. Maximilian wusste, wenn er jetzt das Wasser benutzen würde, um diesen Dorfbewohnern zu helfen, würde nichts mehr übrig sein, um seine Welt wieder neu auferstehen zu lassen. Ein Konflikt tat sich in ihm auf. Er bat Patrek um Bedenkzeit und versprach ihm, nicht zu versuchen zu fliehen. Patrek grinste und sagte. „Ich weiß. Wir können mit unserer Gabe nicht alles sehen. Es wird uns immer nur das gezeigt, was für unser Überleben wichtig ist."

44

Nach Atem ringend lag Layla am Boden des Kerkers ihres Schlosses. Es war unbequem und kalt, doch dies war jetzt ihr kleinstes Problem. Innerlich probierte sie mehrere Zauber, von denen keiner half. Sie war sich nicht sicher, ob Isia ihr ihre magischen Fähigkeiten abgezogen hatte. Dann hob sie ihren Oberkörper und sah an ihren Füßen glühende Ringe, die pulsierten. Als sie danach Griff, versetzte es ihr einen Schlag. Ihr Haar war weiß und ihre Haut eingefallen. Sie bestand nur noch aus Haut und Knochen. Schockiert blickte sie an sich herunter. Dann griff sie sich mit den Händen ins Gesicht und konnte ihre tiefen Falten spüren. Es war kaum Licht im Kerker, doch auf der Seite befand sich eine Pfütze am Boden. Nur schwach konnte sie ihr Spiegelbild darin erkennen. Sie musste schnellstens einen Weg hier raus finden und Isia von dem ultimativen Bösen befreien. Sie schloss ihre Augen und rief weiterhin innerlich Maximilian. Er war im Moment der Einzige, der ihr helfen konnte.

45

Gerade als Maximilian hinunterkletterte, sah er erneut ein Bild von Layla. Er hörte sie rufen, doch irgendetwas hinderte ihn daran, ihr Antworten zu können. Er musste sich zuerst um dieses Problem kümmern. Die Menschen des Dorfes Klenarl hatten sich wieder ihren Aufgaben gewidmet. Sie wussten mittlerweile, dass Maximilian ihnen helfen würde, denn die anderen Kinder hatten es mit ihrer Gabe gesehen und den Älteren mitgeteilt.

Patrek führte die beiden in die Mitte des Dorfes. Dort befand sich ein großer Lagerfeuerplatz, mit Bänken an den Seiten und einem großen Kessel in der Mitte. Patrek schaute die beiden an und grinste: „Hier feiern wir unsere Feste." Er zog seine Augenbrauen hoch und ergänzte: „Und wir feiern viel." Eine Frau brachte Mia und Maximilian einen Krug. Er trank gleichzeitig mit Mia einen Schluck und beide husteten. Dieses Getränk war reinster Alkohol. „Gutes Zeug, sagen die anderen immer. Wir Kinder trinken keinen Alkohol solange wir magische Kräfte haben. Diese gehen uns verloren, sobald wir Erwachsen werden. Ich bin 16, der Älteste unter ihnen, der die Gabe hat." Eine Frau kehrte mit dem Kessel, den sie Maximilian gestohlen hatten zurück. Er war lediglich so groß wie zwei Hände. Sie konnten mit ansehen, wie der große Kessel über dem Lagerfeuer weggetragen wurde. Stattdessen wurde ein dünnerer Stab über eine Vorrichtung gehängt. Patrek deutete an, den kleinen Kessel an dem Stab zu befestigen und Maximilian trat mitten in die Asche des Lagerfeuerplatzes hinein und Band den Kessel mit einem Seil an den Stab fest. Dieses Seil würde jedoch kein Feuer überdauern können. Trotzdem glaubte er daran, dass Patrek wusste, was zu tun war. „Wenn dieser Kessel jetzt gefüllt wäre mit dem Wasser aus der Wasserquelle, könnten wir unseren Zauber sprechen und dann hoffen wir, dass der Fluch aufgelöst wird." „Wir haben nicht mehr viel von dem Wasser" und Maximilian zog das Fläschchen hervor. Er hielt es in die Luft, um Patrek zu zeigen, dass es schon fast aufgebraucht war. „Wir wollen es versuchen", sagte Patrek. Maximilian zögerte. „Weshalb zögert Ihr?", fragte Patrek. „Wenn ich euch den Rest gebe, werde ich meine Welt nicht retten können." „Ich verstehe Euer Dilemma", sprach der Junge sehr sanft. „Doch wenn wir es nicht versuchen, werden wir Euch sowieso töten" und zeigte dabei auf die umliegenden Bäume. Auf Stegen hatten sich Männer des Dorfes postiert. Maximilian hatte den Unsichtbarkeits-Zauber rückgängig gemacht, da sie nicht vorhatten zu fliehen. Jetzt zweifelte er daran, ob es eine gute

Idee war, denn die Männer auf den Bäumen waren mit Pfeil und Bogen bewaffnet, welche auf sie gerichtet waren. „Und versucht erst gar nicht, Euch wieder unsichtbar zu machen", sprach Patrek. Jetzt erkannte Maximilian, dass auch Kinder ihre Pfeile auf sie gerichtet hatten. „Es sind Zauberpfeile", sprach Patrek eiskalt. Es schien plötzlich jede Freundlichkeit aus ihm gewichen zu sein.

Im gleichen Moment sah Maximilian abermals Layla nach ihm rufen. Der Ruf drang tief in ihn ein. Deshalb entschied er sich, dies schnell zu beenden, um herauszufinden, weshalb Layla ihn rief.

46

In Higesta herrschte innerhalb kürzester Zeit Chaos. Menschen flohen in die umliegenden Wälder und Leichen zierten die Straßen und Gassen der Stadt.

Jeden den Isia berührte, wurde seines Willens beraubt. Sie waren durch ihre schwarzen Augen und ihre Unberechenbarkeit zu erkennen. Isia berührte hauptsächlich die Soldaten der Stadt, doch auch Frauen und Kinder waren darunter. Am Ende einer Straße versuchte ein Kind ein anderes mit einem Krug zu schlagen. Entsetzt sprang die Mutter dazwischen und zog ihr Kind von ihm weg. Mit ihrem Kind im Arm rannte sie aus der Stadt hinaus.

47

Der Wald, den Jess-K und Domkn im Tal der Könige durchquerten, wurde wieder etwas lichter und sie kamen gut vorwärts, bis sich vor ihnen mehrere meterhohe Steine auftürmten. „Achtung", grunzte der Kopf. Jess-K stoppte abrupt. Er schloss seine Augen und murmelte einige Worte. Dann konnte er durch seine geschlossenen Augen sehen, was sich tatsächlich auf den Steinen abspielte. Würmer und Maden in der Größe eines Kleinkindes krabbelten auf den Steinen umher. Einige letzte von ihnen waren dabei aufzuwachen, während die anderen bereits in ihre Richtung schauten. Jess-K erschauerte, öffnete seine Augen und fragte, ob es einen anderen Weg gäbe, doch der Kopf kugelte ein paar Mal hin und her. „Die Felsen sind keine Felsen, man kann einfach durch sie hindurchreiten, doch dann…" Er zog einen Mundwinkel nach oben. Instinktiv griff Jess-K nach dem Zepter und zog es aus seinem Gürtel heraus. Domkn konnte nicht sehen, was Jess-K in der Hand hielt, doch er vertraute darauf, dass dieser wusste, was er tat. Plötzlich sah er goldene Funken in die Luft emporsteigen. Jess-K hatte seine Augen wieder geschlossen und sah, wie die Funken in die Maden und Würmer hineinsausten und diese sich aufbäumten und zerplatzten. Jess-K grinste, jedoch dachte er, dass dies viel zu einfach war. Wenn es keine schwereren Prüfungen geben würde, würden sie gut vorankommen. Er hoffte nur, dass der Kopf sie rechtzeitig warnen würde und sie nicht einfach in eine Falle laufen ließ. Er steckte das Zepter wieder in seinen Gürtel, drehte sich zu Domkn um und nickte ihm zu, während dieser beeindruckt zurücknickte.

Sie ritten geradewegs durch die Felsen hindurch, die schienen, als ob sie nicht da waren. Dahinter verbarg sich ein schmaler Pfad. Auf beiden Seiten zogen sich Felswände hinauf, so dass es keinen anderen Weg gab. „Kopf", so nannte ihn Jess-K, denn es fiel ihm kein besserer Name ein. „Was erwartet uns hier?", doch der Kopf blieb stumm. Deshalb klopfte Jess-K mehrmals auf den Kopf. „Grmpf, schon gut", murrte dieser. „Ich weiß es nicht." Es galt also wachsam zu bleiben. Jess-K schloss seine Augen und versuchte zu sehen, ob es versteckte Wesen gab, doch im Moment war alles ruhig. Er presste seine Beine ans Pferd und streckte beide Arme seitlich aus. Domkn war neugierig, was es damit auf sich hatte, wollte Jess-K jedoch nicht unterbrechen.

48

Derweilen öffnete Maximilian in Klenarl das Fläschchen mit dem Quellwasser und lehrte die letzten Tropfen in den Kessel in der Mitte des Platzes. Mia, die danebenstand, nahm daraufhin Maximilian das Fläschchen ab und steckte es in eine Tasche in ihrem Kleid, dass sie von den Bewohnern dieses Dorfes bekommen hatte. Maximilian schaute sich um. Die Kinder bildeten einen Kreis um sie herum und hielten sich an den Händen. Ihre Gesichter und nackten Oberkörper waren mit weißen und roten Streifen bemalt. Maximilian und Mia waren umzingelt. Sie warteten ab, was passierte. Gemeinsam begannen die Kinder Worte zu sprechen, die sie nicht verstehen konnten. Grüne Flammen stachen seitlich des kleinen Kessels hervor und das Wasser im Kessel blubberte.

Maximilian dachte gerade daran, dass es vermutlich zu wenig Wasser sein würde, als aus dem Schatten der Bäume die Menschen hervortraten, die nicht sterben konnten. Sie sahen nicht mehr wirklich wie Menschen aus. Es waren mehr Skelette mit Haut. Jede Ader schimmerte hindurch und ihre Köpfe waren kahl. Mia griff nach der Hand von Maximilian, der selbst gerade schwer schlucken musste. „Die Alten" blieben hinter den Kindern stehen und reichten weit bis in den Wald hinein. Wer weiß, wie viele es wohl über die Zeit hinweg geworden waren.

49

Layla lag in ihrem Verließ. Dabei sah sie ein Bild, wie Maximilian inmitten eines Dorfes umringt von Kindern stand und sie konnte auch sehen, dass er nicht entfliehen konnte. Ihre Hoffnung auf Hilfe schwand.

Währenddessen zog das ultimative Böse bereits durchs Land mit jedem, den Isia berührt hatte. Immer mehr Menschen wurden ihres Willens beraubt. Sie waren nur noch Sklaven und wirkten wie menschliche Hüllen ohne Seele.

50

Maximilian hielt Mias Hand. Er blickte sich um und sah, dass sich zwischen den „Alten" eine Schneise bildete. Es sah aus, als würde sich eine riesige Staubwolke zwischen ihnen hindurchwälzen. Nachdem die Barbaren auf den Bäumen ihre Pfeile senkten und mit Staunen auf die Staubwolke blickten, die begann alle Alten zu umgeben, verlor Maximilian den Glauben daran, dass alles mit rechten Dingen zuging. Die Kinder standen immer noch im Kreis und hielten sich an den Händen, mit geschlossenen Augen und gesenkten Köpfen. Maximilian war sich nicht sicher, ob er sie ansprechen sollte. In diesem Moment hörten sie Schreie. Es mussten Hunderte sein. Die Schreie klangen durchdrungen von Qual und Leid. Bis auf die Kinder hielten sich alle die Ohren zu. Die Staubwolke umgab jetzt den gesamten Platz. Es wirkte wie dichter Nebel, jedoch schienen in den Wolken Gesichter zu sein, von denen die Schreie ausgingen. Zur gleichen Zeit sprachen die Kinder ihre Zauber immer lauter. Maximilian kniete nieder und drückte seine Hände fester an seine Ohren.

51

Währenddessen ritt Jess-K im Tal der Könige zwischen den Felsen hindurch, seine Arme immer noch seitlich ausgestreckt und seine Augen geschlossen. Er hatte das Gefühl, dass hier Gefahren auf sie warteten, die er nicht genauer einschätzen konnte. Seine Finger berührten unsichtbare Schleier. Mit seinen beschränkten Kenntnissen über die Magie, konnte er keinen Zauber sprechen, der stark genug war, um die Gefahren sichtbar zu machen.

Domkn stoppte hingegen sein Pferd, als er sah, wie Jess-K in der Luft hängenblieb, als wäre er in eine Wand gelaufen, während sein Pferd weiter ritt. Jess-K öffnete die Augen und sah sein Pferd von ihm weggehen. Seine Hände waren immer noch ausgestreckt und er konnte sich nicht bewegen. Der Kopf grinste ihn hässlich an und begann auf die Seite des Pferdes zu klopfen, indem er sich rasch hin und her bewegte, damit das Pferd stehenblieb.

Domkn stieg ab, zog sein Schwert und ging vorsichtig auf Jess-K zu. „Was ist das?", fragte er ihn, doch Jess-K konnte nicht antworten. Mit dem Schwert schnitt er neben Jess-K durch die Luft. Zu seiner Verwunderung hatte er das Gefühl, dass ein Wiederstand da war, nur konnte er es nicht sehen. Der Anblick von Jess-K sah jedoch sehr witzig aus. Seine Beine waren noch gespreizt, als würde er auf seinem Pferd sitzen. Jess-Ks Pferd war mittlerweile stehengeblieben und Domkn schimpfte mit dem Kopf. „Weshalb hast du uns nicht gewarnt?" Ein „grmmpf" war zu hören. „Was weißt du darüber?" „Wenn ich es gewusst hätte, hätte ich es Euch gesagt", sprach der Kopf. „Es scheint ein mächtiger Schutzzauber zu sein, den nicht einmal wir kennen." Domkn ging hinter Jess-K auf die andere Seite. Der Kopf meldete sich erneut: „Oh, er bewegt seine Augen. Ich glaube er will etwas sagen." „Und was?", fauchte Domkn. „Ööhhh", tönte die Stimme des Kopfes. „Er blickt zu seinem Gürtel zur rechten von Euch." Domkn sah Jess-Ks Gürtel an, dort gab es nichts. Er griff danach und konnte etwas spüren. Es war wie ein unsichtbarer Gegenstand, an dem er zog. Dieser löste sich so einfach, dass er rückwärts stolperte und hinfiel, während der Kopf ihn auslachte. Dann setzte Domkn sich auf und blickte verwundert in seine Hand. Er konnte spüren, dass etwas darin lag, doch er konnte es nicht sehen. „Was mache ich damit?" Der Kopf rollte seine Augen mehrmals hin und her und zog dann seine Augenbrauen zusammen um Jess-K genau anzusehen. „Er schreibt etwas mit seinen Augen in die Luft. Hmmmm. Grwen, bar, oder so", stotterte der Kopf.

Was beide nicht sogleich bemerkten, dass sich das Zepter in eine riesige Spinne verwandelte. Domkn konnte spüren, dass der unsichtbare Gegenstand sich veränderte und lies ihn einfach los. Die unsichtbare Spinne krabbelte an Jess-K vorbei und rollte sich in alle Richtungen, dadurch wurden die unsichtbaren Schleier, welche Jess-K in der Luft hielten, weggenommen. Jess-K konnte sich immer mehr bewegen, bis er auf den Boden krachte. Er sprach einen weiteren Zauber, welche die Spinne in ein Zepter zurück verwandelte. Jess-K ging darauf zu, hob es hoch und steckte es wieder in seinen Gürtel.

Domkn war verblüfft und mittlerweile aufgestanden, während Jess-K mit gezogenem Säbel auf den Kopf zuging. „Wenn du uns nicht vor den Fallen warnen kannst, bist du für uns nutzlos! Nenne mir einen Grund, weshalb ich dich nicht gleich vernichten soll." „Aaaahhhaa! Da wüsste ich schon etwas." „Was wäre das?" „Ich kenne den Zugang zum Kristall." „Hmm, ich bin mir mittlerweile sicher, dass wir ihn auch ohne dich finden würden." Der Kopf schnappte nach Luft, denn er erkannte, dass es langsam sehr eng für ihn wurde. „Es, es", stotterte er, „gibt noch ein Hindernis vor dem Kristall." Jess-K senkte seinen Säbel, überlegte und trat an Domkn heran. „Was meint Ihr dazu?" „Er könnte uns noch nützlich sein und er wird uns sicher helfen, damit Ihr Euer Versprechen einhaltet." „Gut", nickte Jess-K und sie stiegen wieder auf ihre Pferde. Der Kopf zog einen Mundwinkel hinauf und ein Hauch von Überlegenheit huschte über sein Gesicht.

52

In dem Dorf Klenarl spitzte sich die Lage zu. Die Schreie waren ohrenbetäubend und Maximilian sah, wie ein Kind aus der Reihe zusammenbrach. Er hielt sich noch immer die Ohren zu und wusste, dass er jetzt nichts für das Kind tun konnte. Die Wolke begann sich aufzubäumen, als würde sie sich gegen den Zauber der Kinder wehren. Dann, plötzlich trat Stille ein. Die Wolke hörte auf sich zu bewegen, stattdessen regnete es Sand herunter und bedeckte den gesamten Platz, sowie die Menschen mit einer hauchdünnen Schicht. Mia konnte sehen, dass nicht nur Kinder, sondern auch Erwachsene zusammengebrochen waren. Sie ging zu einem der am Boden liegenden Kinder, wischte den Sand vom Kopf des Kindes weg und sah, wie eine Blutspur aus dem rechten Ohr nach unten lief. Das Leben war bereits aus ihm gewichen. Auch alle anderen die zusammengebrochen waren, waren tot. Schockierte Gesichter und Entsetzen machten sich breit.

Patrek starrte Maximilian an. „Es ist noch nicht vorbei. Gebt mir Euren Zauberstab!" Zögernd gab ihm Maximilian den Stab. Patrek zeigte damit zum Himmel hinauf und sprach laut: „Tzweldo. Trankunda. Welpoa." In diesem Moment erschien zwischen den Bäumen eine Art schwebender Vorhang. Er glitzerte weiß und bewegte sich wie Tücher sanft im Wind. Dadurch konnten sie sehen, dass er die Form eines Kubus hatte.

Patrek trat gefolgt von Maximilian zum Kubus, während Mia sich um die Kinder kümmerte. Die Menschen im Dorf zogen die Toten zum Feuer und legten sie mit dem Kopf Richtung Kessel auf den Boden. So bildeten sie mit den Toten eine Art Kreis um den Lagerfeuerplatz.

„Die Alten" hingegen lagen auf dem Boden. Sie bewegten sich nicht. Patrek und Maximilian stiegen mit größter Vorsicht über sie hinweg, bis sie beim Kubus ankamen. Maximilian hob Patrek hoch, damit er den Vorhang berühren konnte. „Er fühlt sich so weich an", sprach Patrek. Maximilian konnte lauter kleine funkelnde runde Lichter sehen, die wie Kugeln sich sanft hinter dem Vorhang bewegten. Patrek zog am Vorhang, der sanft zu Boden fiel.

Die Menschen in dem Dorf Klenarl ließen alles stehen und liegen und kamen vor dem Kubus zusammen, während Patrek mit Maximilians Hilfe die restlichen Vorhänge herunterzog, die wie Blätter im Wind zu Boden schwebten. Tausende Lichtkugeln begannen sich nun in alle Richtungen zu bewegen. „Einfach atemberaubend", dachte Mia und schaute mit offenem Mund zu, wie die Lichtkugeln ihren Weg zu den Alten fanden. Sie drangen in die leeren Körper ein, durchzogen die Knochen und die dünne Haut mit Licht, so dass jede Ader sichtbar wurde. Dann erlosch das Licht und die Körper zerfielen zu Staub.

Maximilian trat an Mia heran und legte seinen Arm um sie. „Wir haben etwas wirklich Gutes getan" und lächelte sanft. Mia schmiegte ihren Körper an ihn. Als Maximilian das Gefühl hatte, dass sie weiterziehen konnten, überkam ihn der Gedanke, dass das Wasser das Einzige war, was seine Welt gerettet hätte. Rasch zog er seinen Arm von Mia. „Wir müssen noch einmal zurück zur Wasserquelle." Mia schaute ihn entsetzt an und schüttelte heftig den Kopf. „Nein, das ist nicht möglich." Maximilian zog Mia etwas zur Seite. „Weshalb nicht." „Niemand darf von dieser Quelle erfahren", antwortete ihm Mia bestimmt. „Ich brauche dieses Wasser, um meine Welt zu retten." Mias Augen wurden ganz wässrig. Ihr wurde auferlegt, das Geheimnis der Wasserquelle zu beschützen. „Bereits diese Menschen wissen zu viel. Die Wasserquelle muss geheim bleiben. Wenn wir zurückkehren, wird Eldaron erfahren, dass jemand davon weiß und." Sie zögerte. „Und was?" „Er wird sie alle umbringen." Tränen rannen ihren Wangen entlang. Maximilian dachte an den Feuerring an seinem Handgelenk. Wenn er seine Aufgabe nicht erfüllte, würde er sterben und mit ihm seine gesamte Welt. Er würde nicht gehen, ohne es versucht zu haben, deshalb trat er einen Schritt zurück und blickte Mia tief in ihre Augen. „Ich muss es versuchen" und drehte sich zu Patrek. „Wir haben getan, wonach Ihr verlangt habt. Lasst uns jetzt gehen", sagte er auffordernd. Mit einem Nicken gab ihm Patrek seine Dankbarkeit zu verstehen. Mia zog jedoch an Maximilians Ärmel. „Nein, wir können nicht." Sie wurde unsanft von Maximilian am Handgelenk gepackt und in den Wald hinein gezerrt, wo sie alleine waren.

„Mia, bitte versteh doch. Ich muss es versuchen", sagte er eindringlich, doch Mia zog ihre Hand mit einem Ruck aus dem festen Griff heraus. „Nein!", schrie sie dieses Mal. „Du verstehst nicht. Ich habe den Auftrag die Quelle zu schützen und wenn wir zurückkehren, bedeutet das auch deinen und meinen sicheren Tod." Dies war das erste Mal, dass Maximilian nicht mehr sicher war, was zu tun war und setzte sich mit gesenktem Kopf auf einen Stein. Er brauchte etwas Zeit um nachzudenken.

Hinter einem Baum hatte eine Frau die Szene beobachtet. Es war Elilia. Sie war sich sicher, dass auch Maximilian einer der 7 Säulen dieses Landes war. Sollte dieser in seine Welt zurückkehren, bevor die Magie in dieser Welt für alle aktiviert wäre und der Drache erwacht war, würde eine weitere schreckliche Plage hereinbrechen.

Sie trat hinter dem Baum hervor und Mia erschrak. Maximilian hob seinen Kopf, den er bis jetzt in seinen Händen verborgen hatte. „Wer seid ihr?", fragte er. „Ich bin Elilia und ich kann Euch helfen." Kopfschüttelnd wollte Maximilian wissen wie. „Alles zu seiner Zeit", sprach Elilia. „Denn jetzt gibt es eine weit größere Gefahr, der ihr Euch stellen müsst. Die Menschen der Stadt Higesta wurden vom ultimativen Bösen befallen. Es hat sich Isia als ihren Wirt ausgesucht. Ihr müsst es aufhalten." „Was, wie?" stotterte Maximilian entsetzt. „Es gibt einen heiligen Ort, in dem ihr ein Licht findet. Dieses Licht ist so hell, dass kein Mensch hineinschauen kann. Doch wenn ihr die Menschen mit diesem Licht blendet, wird das Böse in ihnen weichen und ihr Wille wird zurückkehren." „Wo ist dieser Ort?", wollte Maximilian wissen, doch Elilia antwortete nicht und sah Mia an. Verwirrt blickte auch Maximilian zu ihr. „Sie weiß, wo dieser Ort ist. Wenn Ihr das Licht findet, habt Ihr auch die Chance Eure Welt zu retten." Elilia verschwand. Sie wusste, dass dieses Eingreifen bereits sehr gefährlich war und sie hoffte, dass der Rat der Ältesten es nicht bemerken würde.

„Was meinte sie damit, Mia?" Doch Mia saß nach wie vor mit entsetztem Blick da und zupfte an ihren Haaren. Maximilian stand auf und schüttelte sie. „Mia", sagte er forsch. „Was meinte diese Frau damit?" und rüttelte heftiger an ihr. „Das Licht", stotterte sie. „Es ist das Licht, das sich innerhalb der Wasserquelle befindet." Maximilian hörte auf an ihr zu rütteln und trat einen Schritt zurück. „Was?" „Das Licht ist ständig von Wasser umgeben, dadurch verliert es seine Blendwirkung nach außen. Ohne das Licht gibt es keine Wasserquelle." Tränen rannen ihre Wangen herunter und in diesem Moment erschien im Wald ein weiteres Mal Laylas Bild. „Hilf uns oder wir sind verloren." Das Bild, das er von Layla sah, war eine uralte Frau. „Hilf uns" hörte er sie nochmals flüstern, bevor sie verblasste. Er wusste nun, weshalb sie ihn so sehr versucht hatte, zu rufen. Ohne Mia anzuschauen ging er in den Wald hinein. Er ließ sie einfach dort stehen. Wut stieg in ihm hoch. Er wollte Antworten haben und diese konnte er nur erhalten, wenn er das Risiko eingehen würde, nochmals zur Wasserquelle zurückzukehren. Mit immer größeren und schnelleren Schritten ging er zu der Stelle, an dem er die Pferde zurückgelassen hatte. Mia lief Maximilian hinterher. Sie weinte und hatte das Gefühl keine Luft mehr zu bekommen.

Bei der Stelle angekommen, atmete Maximilian auf. Zumindest eines der Pferde war noch da. Er hörte Mia hinter sich, die sich ihm näherte. „Ich werde mit dir kommen." Maximilian stieg auf und half Mia wortlos hoch. Gemeinsam ritten sie zurück, von wo sie gekommen waren.

Währenddessen brach im Dorf Klenarl Chaos aus. Mit dem aufheben des Zaubers würden auch die Menschen des Nachbardorfes nicht mehr mit Jugend und Schönheit genährt werden. Sie tauchten bewaffnet auf dem Hügel auf. Die Dorfbewohner griffen nach Speeren, Pfannen und Schwertern, um sich zu verteidigen.

Patrek formierte sich mit den anderen Kindern im Dorf. In einem Kreis stehend begannen sie Zauber zu sprechen. Eine weitere Staubwolke begann sich in der Mitte der Kinder zu einem riesigen Wirbelsturm zusammenzubrauen. Mit enormer Wucht schoss diese den benachbarten Dorfbewohnern entgegen.

Der Sog zog sie in die Wolke hinein und einer nach dem anderen wurde zurück in deren Dorf geschleudert. Nachdem alle aus dem Wirbelsturm heraus waren und unversehrt gelandet waren, formierte sich dieser zu einem riesigen Gesicht. „Es ist

genug Blut vergossen worden. Lasst die Vergangenheit ruhen",
sprach der Kopf aus Sand und fiel in sich zusammen zu einem
Haufen. Die Dorfbewohner sahen sich verwundert an, denn
keiner von ihnen war verletzt. Die Zeit der Wandlung war
hereingebrochen und die Menschen begannen in Sekunden
sichtbar zu altern. Die Haut wurde blass und runzlig. Haare
ergrauten und Zähne vergilbten. Jeder hatte nun das Alter, das er
tatsächlich gehabt hätte, ohne den Zauber und somit starben
auch viele unter ihnen, denn ihre Zeit war schon längst
abgelaufen. Es war wieder alles so, wie es sein sollte.

In Klenarl hatte sich nun alles beruhigt. Der Sand war weg. Es
war nun an der Zeit, alte Wunden heilen zu lassen. Zu Patreks
Überraschung waren die Zauberkräfte der Kinder verschwunden.
Doch Patrek besaß noch den Zauberstab von Maximilian, den er
gut versteckte.

53

Ohne weitere Hindernisse kamen Jess-K und Domkn
durch die Schlucht. Am Ende angekommen, sahen sie auch
schon die Berge, die auf der Karte abgebildet waren.

Ein Blick zum Horizont verriet ihnen, dass es Zeit war
ein Lager aufzuschlagen, denn die Nacht würde bald
hereinbrechen. Das war eine gute Gelegenheit zu sehen, wo sich
der rote Stein befand. Etwas seitlich vom Pfad fanden sie einen
Unterschlupf. Domkn sammelte Holz und entfachte ein Feuer,
während Jess-K etwas zum Essen aus Domkns Satteltaschen
auspackte. Die Pferde hatten sie an einen Baum gebunden und
Jess-K reichte ihnen Wasser. Der Kopf hing immer noch an der
gleichen Stelle und schaute auf die Feuerstelle. „Aaaah, etwas
Wärme", murrte er, als Jess-K ein Holzscheit nachlegte. Domkn
schnauzte: „Als ob du etwas spüren könntest." „Zzzz", kam es
als Antwort. „Sobald Ihr die letzte Prüfung bestanden habt, löst
Ihr Euer Versprechen ein" und ein durchdrungener Blick traf

Jess-K. „Sobald wir den Kristall haben, sicher durch den Wald zurückgekehrt sind und den Grafen besiegt haben", antwortete Jess-K hart, damit es darüber keine Diskussion gab. „Grrmpf", war es wieder zu hören. Dann schloss er seine Augen, denn er hatte wohl erkannt, dass verhandeln sinnlos war.

Domkn und Jess-K saßen am Feuer. „Was glaubst du, wird diese letzte Falle sein?" Jess-K zuckte jedoch nur mit den Schultern. Domkn hatte das Gefühl, dass Jess-K etwas beschäftigte, über das er nicht reden wollte. Mittlerweile war die Dunkelheit hereingebrochen und Jess-K blickte immer wieder mit zusammengekniffenen Augen zwischen die Berge. „Jess-K?", fragte Domkn vorsichtig. „Ich kann den Kristall nicht sehen", antwortete Jess-K mit schüttelndem Kopf. „Bevor wir in den Wald geritten sind, war der Kristall zwischen den Bergen. Doch jetzt ist er nicht da." Auch Domkn kniff nun fragend seine Augen zusammen. „Ist es vielleicht möglich, dass er nur im Mondlicht zu sehen ist?" Ein Blick zum Himmel verriet, dass die Nacht stockfinster war. „Wäre möglich", antwortete Jess-K. „Wir müssen abwarten."

54

Mia und Maximilian kamen im Dorf Amados in der Nähe der Wasserquelle an und wurden bereits von Raya und den anderen Frauen erwartet. Sie bildeten ein magisches Portal, der sie direkt zu Eldaron führte.

Vor ihm blieben sie stehen und nachdem Maximilian vom Pferd gestiegen war, half er Mia. Wortlos trat Maximilian an Eldaron heran und reichte ihm seine Hand. Er wollte, dass dieser seine Gedanken las und dies tat Eldaron auch. Was er sah, schockierte ihn zutiefst. Nach einer Weile ließ er Maximilians Hand los und setzte sich auf eine Holzbank. „Wenn ich Euch nicht gebe, wonach Ihr sucht, werden wir sowieso alle sterben." Betroffen blickte er die Frauen des Dorfes an, denn auch sie hatten die Bilder des ultimativen Bösen gesehen. Sie kannten keinen Zauber, der die Macht hatte, es zu bekämpfen. „Wisst Ihr, wie lange wir um die Existenz der Wasserquelle gefürchtet haben, die bereits im Begriff war zu erlöschen. Mit dem Erscheinen von Euch im Dorf und dem Überreichen des Hornes, leuchtet diese Quelle mehr denn je." Er seufzte tief. Mia trat zu ihm und legte ihre Hand auf seine Schulter. „Es gibt vielleicht eine Möglichkeit." Alle Blicke richteten sich auf sie. „Was würde passieren, wenn wir Isia in die Wasserquelle stellen würden? Würde das Ultimative Böse sie freigeben und die Quelle das Böse vernichten?" Überrascht über diesen Vorschlag nahm sich Eldaron Zeit darüber nachzudenken und rieb mit dem Finger an seiner Nase. „Ich bin mir nicht sicher", antwortete er. „Das Problem wäre, wenn es nicht funktionieren würde, würde die Wasserquelle für alle Zeit vergiftet bleiben." „Was genau macht diese Quelle?", wollte Maximilian wissen. „Sie stellt all die Wasserflüsse wieder her." Maximilian verstand nicht ganz. „Es hat hauptsächlich mit Magie zu tun. Wenn ein dunkler Zauber ausgesprochen wurde und dieser wieder aufgelöst wurde, fließt der Zauber in die Flüsse hinein. Die Wasserquelle erkennt dies. Sie ist mit allen Flüssen unterirdisch verbunden. Dabei fließt Wasser aus der Quelle in den jeweiligen Fluss und die dunkle Magie verliert erst dann komplett seine Wirkung." „Würde also die Wasserquelle vom ultimativen Bösem beherrscht, würde kein dunkler Zauber mehr komplett aufgelöst werden?", fragte Maximilian nachdrücklich und Eldaron nickte. „Was wäre das Schlimmste, was dadurch passieren könnte?", wollte Maximilian weiter wissen und Raya ergriff das Wort. „Wenn die dunkle Magie im Fluss bleibt und ein Kind würde daraus trinken, könnte sich der dunkle Zauber wiederherstellen. Dies funktioniert nur bei Kindern. Wenn sie heranwachsen, wächst das Böse in ihnen mit, bis es komplett von ihnen Besitz ergreift. „Und was wäre, wenn wir dieses Licht zu Isia bringen und sie damit blenden?", fragte Maximilian. „In dem Moment, in dem das Licht entfernt wird, kann die Quelle nicht mehr gerettet werden. Sie ist für immer verloren." Auch Maximilian und Mia setzten sich. Stille trat ein.

Am selben Abend entzündeten die Frauen ein Feuer in der Mitte des Dorfes. Erdrückende Stille umgab sie alle und sie starrten ins Feuer, versunken in Gedanken, bei dem Versuch eine Lösung zu finden. Sie wussten, dass sie nicht viel Zeit hatten und sie bald eine Entscheidung zu treffen hatten.

55

Im Tal der Könige war der Mond aufgegangen. Jess-K sah, dass sich der Kristall trotzdem nicht zwischen den beiden Bergen befand. Stattdessen sah es so aus, als würde er sich am anderen Ende, von der sie gekommen waren, befinden. Der Kopf grinste, als er Jess-Ks verwirrtes Gesicht sah. „Der Kristall ist eine Erscheinung. Ihr werdet ihn immer dort sehen, wo er weit weg von Euch ist.“ „Es ist eine Täuschung“, sagte Domkn und fragte weiter: „Wie sollen wir dann den Kristall finden?“ Jess-K zog die Karte hervor und betrachtete sie eine Weile. „Die Karte hat uns hierher geführt. Ich glaube nicht, dass wir hier falsch sind. Fallen werden auf dem richtigen Weg aufgestellt.“ Er schaute zur Bergspitze. „Der Weg führt dorthin“ und zeigte hinauf. „Hmmhz“, räusperte sich der Kopf „Es gibt keinen Weg dorthin. Nur unüberwindbare Felsen.“ Mit giftigen Augen schaute Domkn ihn an. „Wohin dann?!“ „Durch den Berg hindurch und zwischen die Berge.“ „Ich versteh kein Wort. Verstehst du, was er damit meint?“, fragte Domkn Jess-K. „Nö“, schüttelte dieser den Kopf. „Aber wir haben ja den Kopf. Der wird uns ganz einfach führen“, lachte Domkn höhnisch und legte sich schlafen, während der Kopf das Gesicht verzog. Jess-K lehnte sich an einen Baum und hielt Wache.

56

Erdrückend still war es immer noch nach Mitternacht im Dorf Amados. Das Feuer knisterte, als Raya mehrere Holzscheite nachlegte. Stillschweigend saßen sie nebeneinander. Mia hatte sich bereits verabschiedet und wurde von den anderen Frauen zu ihrem Nachtlager begleitet. Sie konnte jetzt nichts tun. Die Entscheidung lag bei Eldaron, ihrem Anführer.

Der Mond stand hell am Himmel. Maximilian drehte seinen Kopf mehrmals in alle Richtungen, denn er fühlte sich etwas steif. Selbst für ihn unerwartet, durchdrangen seine Worte die Stille. „Hat die Wasserquelle ein eigenes Bewusstsein, so dass wir mit ihr sprechen könnten?" Eldaron zog seine Augenbrauen hoch. „Ich bin mit der Wasserquelle eins. Alles was sie ist, bin ich auch", sprach Eldaron sanft. „Hmmm, was wäre denn das Beste im Sinne der Wasserquelle?" „Die Wasserquelle urteilt nicht, so wie wir Menschen. Sie hat eine Aufgabe, die sie zu erfüllen hat. Für sie sind dunkle Zauber nichts Böses. Sie ist einfach und wenn es seinem Zweck dient, wird sie das Licht freigeben." Nachdenklich sah Maximilian ins Feuer. „Hast du die Frau in meinen Gedanken gesehen?" Er sprach von Elilia. „Ja." „Weißt du, wer sie ist?" „Nein, ich habe sie noch nie zuvor gesehen." „Sie wusste mehr, als sie uns gesagt hat. Gibt es eine Möglichkeit mit ihr in Verbindung zu treten?" Für einen Moment überlegte Eldaron, dann sprang er auf, ging ans Ende des Platzes an dem sich ein großer Gong befand und schlug mehrmals hinein. Ohrenbetäubend laut ging der Schall durchs Dorf und die Frauen kamen mit ihren Nachtgewändern gekleidet aus ihren Hütten. Tuschelnd und mit gewuschelten Haaren standen sie am Feuer, als Eldaron zu ihnen trat.

„Lasst uns die Hände reichen und versuchen, die Frau aus Maximilians Gedanken herbeizurufen." Sie scharten sich um das Feuer, reichten sich die Hände, auch Maximilian machte mit und gemeinsam begannen sie zu summen. Eldaron rief in Gedanken die Frau herbei. Diese erschien im nächsten Moment über dem Feuer, dessen Flammen sich in ein helles Blau verwandelten. Sie schwebte überm Feuer und ihre Füße schienen mit ihm eins zu sein. „Weshalb ruft ihr mich? Ich habe Euch gesagt, was zu tun ist?" „Sag uns, gibt es einen anderen Weg? Wenn wir das Licht aus der Wasserquelle entfernen, werden die Flüsse niemals mehr von dunkler Magie gereinigt und früher oder später, wird diese Welt von dunkler Magie beherrscht." Elilia konnte die Vision der zukünftigen Welt durch die Gedanken der Dorfbewohner sehen. Es war eine Welt des Grauens. Sie wäre nicht besser, als das was jetzt gerade Einzug hielt. Ein Windstoß und die Flammen loderten in die Höhe, daneben das Rascheln der Blätter im Wind. „Vielleicht gibt es noch eine Möglichkeit", sprach Elilia und war im nächsten Moment verschwunden. Die Frauen ließen die Hände los und blickten sich verwundert an. Sie warteten einige Zeit und als sich im Feuer nichts mehr regte, gingen sie wieder zu Bett. Lediglich Maximilian und Eldaron saßen erneut stumm am Feuer.

57

Elilia erhellte ihre Höhle mit Fackeln. Rasch ging sie zu einem Kessel seitlich des Einganges und rief Kaylan herbei. Sie wusste, dass sie abwarten musste, bis dieser einen Moment fand, um unentdeckt vom Rat der Ältesten mit ihr Kontakt aufzunehmen. Deshalb stellte sie etwas Wasser in einem kleinen ausgebeulten Kessel übers Feuer, legte einige Kräuter in eine Schale und als das Wasser kochte, goss sie es in die Schale. Genüsslich trank sie einen Schluck Kräutertee und lächelte, denn es gab noch Hoffnung.

Nachdem sie ihre Tasse getrunken hatte, fühlte sie, dass Kaylan sie rief. Sie ging zum großen Kessel und sah hinein. Eine silbrige Flüssigkeit vibrierte darin. Mit einem Satz sprang sie in den Kessel und tauchte unter.

Der gefallene König Kaylan war durch einen Ring an seinem Hals an den Ort der Ältesten gebunden. Deshalb stieg sie durch den Kessel, der wie ein Portal zum Ort der Ältesten wirkte und kam in der Schale, auch Auge genannt, heraus, in der Kaylan seine Kinder beobachtete. Dort war sie ein Bild, das sich innerhalb des Wassers bewegte. Sie hatte lediglich die Größe eines Fingers und setzte sich in der Schale auf, damit ihr Kopf aus dem Wasser ragte. Darin befand sie sich nicht als Körper, sondern als Wasser, dass ihr Spiegelbild annahm. Kaylan stand vor der Schale und fragte ernst: „Was ist so dringend? Ihr bringt mich in große Gefahr." Und in knappen Worten erzählte Elilia, was vor sich ging. „Ich weiß, was vor sich geht", sagte Kaylan sanft jedoch nachdrücklich. „Weshalb greift Ihr nicht ein?", wollte Elilia wissen. „Die 7 Säulen schützen diese Welt. Sie wurden für Isia erbaut, damit sie lernt mit ihrer Magie Positives zu bewirken. Dass sie von dem ultimativen Bösen besessen werde könnte, hat keiner vorausgesehen. Die 7 Säulen sind daran gebunden worden, dass das Eingreifen der Ältesten nicht möglich ist, denn nur so hat diese Welt eine Chance, sich zu erholen und die Magie wieder entstehen zu lassen, damit der Drache Kiron erwacht." Elilia schüttelte den Kopf. „Wenn wir sie mit dem Licht der Wasserquelle blenden, würde diese Welt trotzdem früher oder später von dunkler Magie beherrscht werden." Ein Geräusch riss das Gespräch abrupt ab. „Ich werde darüber nachdenken, doch jetzt solltet Ihr gehen" und mit einem Wasserplopp tauchte Elilia unter.

Zurück in ihrer Höhle stieg sie aus dem Kessel heraus. Ihre Kleider und Haare tropften und sie setzte sich ans Feuer, um sich aufzuwärmen. Jetzt galt es kühlen Kopf zu bewahren und abzuwarten.

58

Am nächsten Morgen erwachte Jess-K. Domkn hatte ihn in der Nacht als Wache abgelöst. Er fühlte sich erholt und hatte tief und fest geschlafen. Domkn hatte bereits die Pferde gesattelt und so konnten sie nach einem kurzen Frühstück los. Es ging einen schmalen Pfad entlang, der bis zum Berg führte. Kurz davor räusperte sich der Kopf: „Hmgrm." Die Pferde kamen zum Stillstand und Domkn schaute den Kopf an, der so aussah, als wüsste er alles. Domkn empfand es als arrogant, doch es brachte nichts, etwas zu sagen. „Was?", sagte Jess-K fordernd. „Der Weg führt in den Berg hinein." Sie blickten sich um, konnten außer Felsen jedoch nichts erkennen. Jess-K schloss seine Augen und sah nun einen goldenen Torbogen. „Wow", kam es aus ihm heraus, während Domkn nicht wusste, um was es ging. „Jap", sprach der Kopf. „Du brauchst jetzt nur noch den richtigen Schlüssel, um es zu öffnen", murmelte der Kopf. Jess-K stieg vom Pferd und streifte mit seinen Fingern über den Torbogen. Dabei murmelte er einen Zauber. Dann versuchte er mit seiner Hand durchs Tor zu greifen, die schmerzhaft gegen den Felsen prallte. Er probierte weitere Zauber, doch nichts tat sich, bis er sich zu Domkn umdrehte. „Ich kann es nicht öffnen." Dann zog er seine Karte heraus und studierte sie gründlich nach Hinweisen. Darauf war nichts zu erkennen. Eine Welle aus Wut durchlief ihn. Unbeherrscht schlug er mit der Karte gegen die Felswand.

Domkn sprang vom Pferd und hielt Jess-K an der Hand zurück. „Lass uns hinsetzen und darüber nachdenken, wie wir die Tür öffnen können." Sie setzten sich auf den Boden und Jess-K lehnte sich gegen die Felswand. Dort saßen sie mehrere Stunden. Nichts, was sie versuchten, öffnete die Türe. Jess-K wurde sichtlich ungeduldig. „Wir sind so nahe am Ziel", sprach er. Der Kopf begann ein Liedchen zu pfeifen, dadurch wurde Jess-K wutentbrannt und warf ihm einen Stein ins Gesicht. Ein Aufschrei war zu hören. Der Kopf begann zu schimpfen und hörte gar nicht mehr auf, so dass Jess-K ein Teil seines Ärmels abriss und den Mund vom Kopf zuband, sodass dieser kaum mehr zu hören war. „Endlich Ruhe", meinte Jess-K und grinste zufrieden. Jess-K drehte sich nochmals zum Felsen, schloss die Augen und konnte den goldenen Torbogen sehen. Beim Knebeln des Kopfes war die Karte auf den Boden gefallen. Er hob sie auf und öffnete sie. Dabei entdeckte er, dass Punkte auf der Karte goldig schimmerten. Er drehte sie mehrmals in der Hand. Das war ihm noch gar nicht aufgefallen. Es befanden sich ganz feine Löcher in der Karte. Er hielt sie gegen den Torbogen und konnte nun Zahlen darauf erkennen. Er waren die Zahlen 1716. „Wow 1716", murmelte er und trat näher an den Torbogen heran. Kaum erkennbar, waren dort Zahlen in dem Torbogen eingraviert. Er drückte mit seinen Fingern nacheinander 1-7-1-6. Ein Klick und ein offener Eingang erschien. Er schaute freudenstrahlend zu Domkn, der mittlerweile sichtlich neugierig aufgestanden war.

Jess-K streckte eine Hand ohne Widerstand durchs Tor. „Geschafft", flüsterte er stolz und blickte zum Kopf, der immer noch versuchte, den Knebel von seinem Mund zu bekommen. Jess-K näherte sich ihm. „Ich werde dir den Knebel vom Mund nehmen und du wirst mir sagen, welche Gefahren im Berg auf uns warten. Hast du das verstanden?" Der Kopf nickte und Jess-K löste vorsichtig den Knebel. Dabei spuckte und grunzte es, doch dann beruhigte sich der Kopf und sprach: „Der Weg ist nicht, was es scheint. Seid wachsam. Mehr weiß ich nicht. Hmm." Jess-K glaubte ihm und Domkn meinte, dass es besser wäre, die Pferde zurückzulassen. Deshalb nahmen sie mit, was sie brauchten. Jess-K band sich den grinsenden Kopf am Gürtel fest. Es war Zeit aufzubrechen. Somit schritten sie durch den Torbogen in den Berg hinein.

Es war geschafft. Sie standen inmitten des Berges. Ein schmaler Weg zog sich vor ihnen entlang. Vorsichtig bewegten sie sich vorwärts, denn überall konnten Fallen versteckt sein. Der Kopf begann fröhlich zu pfeifen und Jess-K machte halt. „Weshalb bist du so fröhlich? Das gefällt mir ganz und gar nicht." Doch der Kopf reagierte nicht, sondern schloss einfach seine Augen, als wäre er nicht da. Der Weg vor ihnen führte tiefer in den Berg hinein. „Ich hoffe, es gibt genügend Luft für uns", sprach Domkn. Jess-K hatte bereits den gleichen Gedanken. Ein Knacks. Abrupt blieben sie stehen. „Was war das?", fragte Domkn und konnte sehen, dass der Stein, auf dem Jess-K gerade stand, sich nach unten bewegt hatte. Dann ein Zischen und im nächsten Moment sausten Pfeile von vorne heran. Gerade rechtzeitig duckten sie sich. „Uff, das war aber knapp", pfiff der Kopf. Die beiden atmeten tief durch und brauchten einen Moment, um wieder aufzustehen. „Schaut mich nicht so an. Ich kenne die Fallen hier drinnen nicht" und verzog dabei seinen Mund schräg nach oben.

Wachsam gingen sie weiter, bis vor ihnen eine Wand aus Feuer in Erscheinung trat. Zu ihrer Überraschung war sie weder heiß, noch gab es irgendwelche Geräusche. „Es sieht aus wie richtiges Feuer und es gibt keinen Weg daran vorbei." Jess-K suchte nach etwas, was er ins Feuer halten konnte. Domkn meinte, dass sie den Kopf hinein halten könnten, da dieser im Grunde keine große Hilfe mehr für sie sei.

59

Kaylan ging durch den Ort der Ältesten, dessen Atmosphäre mit Harmonie und Liebe gefüllt war. Lianen zierten die Säulen der Hallen. Kaylan spürte, dass er nicht allein war, obwohl die Ältesten zu dieser Zeit schliefen. Es war mehr eine Meditation als Schlaf. Seit der Erschaffung der 7 Säulen hatten sich die Aufgaben der Ältesten verändert. Jetzt wachten sie über alles und dokumentierten die Ereignisse der Menschen. Mikael war es, der an Kaylan herantrat. „Was bedrückt Euch? Kaylan." „Die Ereignisse überschlagen sich. Ich frage mich, ob es eine Möglichkeit gibt ihnen zu helfen." „Kaylan." Mikael war eine solch wundervolle und lichtvolle Gestalt, deshalb hatte Kaylan größte Ehrfurcht vor ihm. „Unser Eingreifen würde bedeuten, dass die 7 Säulen zu Stein werden und brechen und dadurch werden die Plagen über das Land hereinströmen." „Ich verstehe. Doch ohne unser Eingreifen, werden sie das Licht aus der Wasserquelle nehmen. Dann wird früher oder später dunkle Magie die Menschen beherrschen." Erst jetzt erkannte Kaylan, dass Mikael sich dessen sehr wohl bewusst war. „Es ist der Lauf der Dinge. Es liegt nicht an uns einzugreifen." Kaylan war fassungslos. Er wusste, dass als Ältester immer das große Ganze mehr zählte als das Schicksal von Einzelnen. Doch hier ging es um weit mehr. Hier ging es um die Zukunft einer ganzen Welt. Hier ging es auch um Isia, seine Tochter. Wie konnte Mikael das einfach nur ignorieren. Wie konnte er nur so gelassen bleiben? „Eines Tages werdet Ihr verstehen", sprach Mikael. In diesem Moment hatte Kaylan das Gefühl, dass der Rat der Ältesten nicht mehr für das Gute stand, sondern sich mit einer dunklen Macht verbündet hatte. Ein schreckliches Gefühl durchfuhr ihn. Mikael ging aus der Halle hinaus. Bei den Ältesten sah das Gehen eher aus, als würden sie sanft über den Boden schweben. Kaylan setzte sich hingegen an einen kleinen Brunnen. Das Wasser plätscherte und wirkte sehr beruhigend. Seerosen zierten den Wasserlauf, der an der Seite der Wand entlanglief. Kaylans Herz schmerzte, als er an seine Kinder dachte. Jess-K befand sich mitten in seiner Prüfung. Auch wenn er sie bestehen würde, würde er zurückkehren in eine Welt, die er nicht zu retten vermag. Er war im Moment am Sichersten im Tal der Könige. Kaylans Sorgen richteten sich deshalb vor allem auf Isia und Layla.

Nachdem er sicher war, dass er alleine war, ging er zur Schale, auch Auge genannt, zurück und rief nach Elilia, die kurz darauf wieder als kleine Wasserfigur auftauchte. „Wir müssen etwas unternehmen. Was schlagt Ihr vor?", sprach Kaylan ernst. „Wartet. Ich habe eine Idee" und die Wasserfigur tauchte unter. Elilia ließ eine große Luftblase entstehen, die sich über das Auge hinaus ausbreitete, bis sie Kaylan ganz eingehüllt hatte. Elilia sprach: „Dies gibt Euch Schutz, sie werden nicht merken, dass Ihr weg seid."

In diesem Moment kehrte Elilia in ihre Höhle zurück, gefolgt von Kaylan, der in das Auge stieg und im Kessel herauskam. Er blickte auf die nasse Kleidung und sprach: „Ein Portal?" Dann griff er sich an seinen Hals, der enger und enger wurde. „Der Ring ist noch aktiv. Ich muss wieder zurück." Elilia trat an Kaylan heran, griff nach dem Ring und sprach einen Zauber. Kaylan konnte sehen, wie sich der Ring durch seinen Hals schob und sich an Elilias Hals befestigte. Immer noch nach Atem ringend stieg Kaylan aus dem Kessel heraus und Elilia tauchte hinab. Bevor sie untertauchte, sprach sie eindrücklich zu Kaylan. „Ihr habt bis zum nächsten Sonnenuntergang. Solange wird der Rat nicht merken, dass Ihr weg seid. Ich werde bis dahin Euren Platz einnehmen. Bei Sonnenuntergang springt in den Kessel und der Zauber wird sich umkehren. Seit ihr nicht rechtzeitig hier, werden wir beide sterben. Bleibt in der Höhle. Ihr werdet bald gerufen." Dann tauchte sie unter und war verschwunden. Die silbrige Flüssigkeit blubberte noch ein wenig. Dann wurde es ruhig.

Kaylan tastete seinen ganzen Körper ab. Er fühlte sich anders an. Irgendwie menschlich. Wie aus Fleisch und Blut. Er war schon zu lange nicht mehr hier gewesen. Frierend setzte er sich ans Feuer und wärmte sich auf.

60

Es dauerte nicht lange, dass Elilia nochmals gerufen wurde, denn Eldaron wurde ungeduldig. Doch dieses Mal erschien nicht Elilia überm Feuer, sondern Kaylan. Vor lauter Schreck torkelte Maximilian einige Schritte zurück. „Das ist nicht möglich?", stotterte er. Kaylan stieg als menschliche Gestalt aus dem Feuer hervor und trat an Eldaron heran. „Weshalb seid Ihr hier?" „Ich werde das Licht aus der Wasserquelle entfernen und Isia damit blenden." „Weshalb Ihr?", fragte Maximilian unsicher und Raya trat vor. „Wäre es möglich, dass ein Ältester das Licht zur Wasserquelle zurückbringen könnte?" „Ich kann es nicht garantieren, doch es ist unsere einzige Chance. Und wir haben nicht viel Zeit. Ich kann nur bis zum nächsten Sonnenuntergang hier bleiben." Nach kurzem Überlegen richtete sich Eldaron an die Frauen. „Bildet einen Kreis und öffnet uns einen Weg direkt zum Schloss. Wir werden das Licht holen. Macht euch bereit."

Während die Frauen sich wieder die Hände reichten, rannten die Männer in den Wald hinein. Eldaron öffnete mit einer Handbewegung das Portal. Sie rannten den Steg entlang, sprangen darüber und landeten sanft am Boden. An diesem Ort, war es niemals Nacht. Weiß-rosa Blütenblätter wirbelten in die Lüfte. Die Bäume bewegten sich im Winde. In ihren Ohren klang es wie Meeresrauschen, bis sie kurze Zeit später vor die Wasserquelle traten.

Eldaron rang nach Atem. Sein Herz klopfte bis zum Hals. Was er jetzt machen würde, würde alles verändern. Er machte einen Schritt ins hüfthohe Wasser, erhob seine Hände und sprach einen Zauber. Eine Träne rann an seinen Wangen hinunter, als die Wasserquelle erschütterte. Langsam kam das Licht aus dem Wasserlauf nach oben. Es wurde gleißend hell. Sie hielten sich die Hände vor die Augen. Eldaron sprach einen weiteren Zauber und ein Netz erschien in seinen Händen. Das Licht bewegte sich darauf zu und Eldaron legte das Netz darüber. Dies schwächte das Licht fast komplett ab. Dabei verdunkelte sich der ganze Ort. Es war, als wäre von einem Moment zum anderen die Schönheit des Ortes verblasst. Eldaron drehte sich um. „Es ist Zeit zu gehen." Hinter ihnen öffnete sich der Tunnel, den die Frauen des Dorfes aufrecht erhielten und ohne zu zögern gingen sie hinein.

61

Sie wurden durch den Tunnel regelrecht hindurch geschleudert und landeten unsanft auf dem harten Steinboden innerhalb des Schlosses. Hinter ihnen schloss sich der Tunnel. Sie blinzelten, bis sie erkannten, dass sie direkt im Schloss gelandet waren. „Wir müssen achtsam sein", sprach Kaylan und während Maximilian sein Schwert zog, bemerkte Kaylan dass er unbewaffnet war. Sein weißes Gewand strahlte etwas Göttliches aus. Maximilian reichte ihm sein Schwert. Für sich selbst nahm er den Dolch, welchen er benutzt hatte, um zum Drachen zu gelangen und sie nickten sich gegenseitig zu.

In diesem Moment erschien ein Bild von Layla vor der Wand, das zu ihnen sprach. „Isia ist im Thronsaal. Sie wird gut bewacht." Das Bild von Layla verblasste. Kaylan ging vor, denn als ehemaliger König kannte er sich hervorragend im Schloss aus. Maximilian überließ ihm das Kommando, denn nur wenn sie alle zusammenhielten, konnten sie die Bedrohung abwenden.

„Wie sollen wir es angehen?", flüsterte Eldaron nervös. „Vermutlich haben wir nur einen Versuch." „Vermutlich", sprach Kaylan und Maximilian wandte ein: „Und es ist verdächtig ruhig hier." „Keine Wachen im Gang. Sie befinden sich somit im Thronsaal", ergänzte Kaylan. „Wozu braucht das ultimative Böse Wachen?" „Gute Frage." „Ob Isia weiß, dass wir kommen?", fragte Eldaron. In diesem Moment erschien wiederum ein Bild von Layla. „Sie warten auf euch" und ihr Bild verblasste, während Kaylan nach wie vor auf die leere Wand starrte. Maximilian durchzog ein schlechtes Gefühl. Wenn Kaylan auf Layla treffen würde, würde Layla wieder die Liebe zu Kaylan spüren. Eifersucht stieg in ihm hoch. Doch dann dachte er daran, dass Kaylan zum Sonnenuntergang zurück beim Rat der Ältesten sein musste.

„Wenn sie wissen, dass wir kommen, werden sie alles tun, um uns aufzuhalten", stotterte Eldaron, der sich noch nie in einer solchen Situation befunden hatte. Angst überkam ihn und er zitterte am ganzen Körper. Maximilian trat an ihn heran. „Wir finden einen Weg." Eldaron beruhigte sich jedoch nicht und drückte das Licht fester an sich, damit es nicht auf den Boden fiel. „Was geschieht, wenn wir die Wachen mit dem Licht blenden?" „Sie werden erst ihren Willen wieder erhalten, wenn

Isia vom ultimativen Bösen befreit wird. Sie hat die Macht über die anderen." „Würde das bedeuten, dass wir uns erst durch eine Halle voller Wachen kämpfen müssen, um an Isia heranzukommen?", fragte Eldaron nervös. Dieser Gedanke verursachte sogar Maximilian Angst, denn er wusste nicht, ob seine Magie etwas gegen die Wachen ausrichten konnte.

Er blickte aus einem der Fenster und sah eine Wache zwischen den Häusern hindurchgehen. Er sprach einen Zauber, hob seine Hand und eine Feuerkugel schoss durchs Fenster in die Wache hinein. Dieser bäumte sich auf und verbrannte lichterloh. Maximilian musste grinsen. Jetzt war er bereit, sich dem Kampf zu stellen. „Wir gehen durch die Vordertür", sprach er und schaute die anderen an, deren Gesichtsausdrücke keine Hoffnung zeigte.

Er ging voraus und sie gelangten ohne Hindernisse zu den Flügeltüren des Thronsaales. Eldaron und Kaylan standen an jeweils einer Seite. „Bereit?", fragte Kaylan. „Ja." Gleichzeitig zogen sie die Flügeltüren auf, während Maximilian den Zauber zu sprechen begann. Ein riesiger Feuerball entstand in seiner Hand und als der Spalt groß genug war, schoss er ihn in den Thronsaal hinein.

Schon in kürzester Zeit standen alle Wachen in Flammen und verbrannten. Ein Wunder, dass nicht das ganze Schloss abgebrannt war. Kaylan und Eldaron versteckten sich gut hinter den Flügeltüren, während Maximilian einige Schritte hinein ging.

In Flammen stehend, stand Isia vom Thron auf. Maximilian spürte, wie sein Herz bei ihrem Anblick blutete. Er liebte Isia wie seine eigene Tochter. Die Wachen waren mittlerweile zu einem Häufchen Asche verbrannt. Auch Isia hörte auf zu brennen, jedoch schien sie den Zauber unbeschadet überstanden zu haben. „Isia", sprach Maximilian, der sehen konnte, wie ein schwarzer Schatten sie umgab. „Ich bin es, Maximilian. Erkennst du mich?", wollte er wissen. Doch von Isia kam lediglich ein Fauchen. Das Licht ihrer Augen war erloschen, kein Leben schien in ihr noch zu sein. Maximilian durchzog eine Welle der Trauer.

Die Flügeltüren knarrten und in dem Moment als sich Maximilian duckte, erschien Eldaron mit dem Licht in der Tür. Er zog das Netz herunter, schloss seine Augen und das Licht strahlte gleißend hell durch den Raum. Nach einiger Zeit zog er das Netz wieder über das Licht. Keiner von ihnen sah, was in dieser Zeit geschah, doch Isia lag am Boden und das ultimative Böse war aus ihr gewichen.

Rasch rannte Maximilian zu ihr. Sie lebte noch, jedoch war ihr Atem kaum noch zu spüren. Ihre Augen waren geschlossen. „Schnell", rief Maximilian, „ich brauche Hilfe." Kaylan trat nun ein. Er war vorsichtig, denn er wollte nicht, das Isia ihn sah. Er holte einen Beutel hervor, den Raya ihm, kurz bevor sie das Dorf verließen, zugesteckt hatte. Darin befand sich ein kleines Fläschchen mit einer Tinktur, das er Isia in den Mund träufelte. Kaylan streichelte ihre Wangen und Tränen füllten seine Augen. Er hätte niemals gedacht, seiner Tochter nochmals so nahe zu sein. Als diese sich wieder zu regen begann, verließ Kaylan sofort den Raum und versteckte sich wieder hinter der Flügeltüre. Maximilian atmete erleichtert auf, als Isia ihre Augen öffnete.

In diesem Moment erloschen die schwarzen Augen jener Menschen, dessen Willen genommen worden waren. Überrascht, als ob sie nicht wussten, was passiert war. Sie schienen verwirrt zu sein und konnten sich an Nichts erinnern.

Kaylan merkte erst zu spät, dass ein dunkler schwarzer Schatten durch seinen Rücken in ihn eingetreten war. Er hatte durch einen Spalt seitlich der Türe Isia beobachtet und war unaufmerksam gewesen. Es war das ultimative Böse, dass sich einen neuen Wirt gesucht hatte, doch dieses Mal färbten sich die Augen von Kaylan nicht schwarz. Es war auch von außen nicht zu sehen, dass das ultimative Böse jetzt in Kaylan steckte und seinen Willen übernommen hatte.

„Für mich ist es Zeit zurückzukehren", sprach Eldaron. „Ich werde hierbleiben", meinte Maximilian. „Ja, natürlich. Ich werde

Mia ausrichten, wo sie Euch findet." Bei dem Namen Mia erinnerte sich Maximilian daran, dass Layla noch irgendwo im Kerker gefangen gehalten wurde. Eldaron verließ den Thronsaal und verschwand mit Kaylan durch ein Portal.

Maximilian umarmte Isia, die nicht wusste, was passiert war. Einige Soldaten betraten den Raum. Er gab ihnen den Auftrag, nach Layla zu suchen. „Kannst du dich an gar nichts erinnern?", fragte Maximilian. „Nein. Ich kann mich erinnern, dass ich im Schloss war und auf dem Dach sich ein Vogel ein Nest gebaut hatte. Doch danach weiß ich nichts mehr. Was ist denn passiert?" „Ich werde dir später alles erzählen, jetzt ist erst einmal wichtig, dass es dir gut geht." Er drückte sie fest an sich und ihren weiteren Fragen wich er für den Moment aus.

62

Im Tal der Könige stand Jess-K vor der Feuerwand und griff hinein. Als er seine Hand zurückzog, bestand sie aus einzelnen Rauchfäden. Von seinen Fingern war nichts mehr zu sehen. Domkn erstarrte, während Jess-K hektisch umherblickte und eine Schale mit Wasser seitlich des Feuers entdeckte. Er rannte darauf zu und steckte seine Hand hinein, die zischelte, als würde eine Glut gelöscht werden. Nervös zog er seine Hand heraus und sah wieder gesunde bewegliche Finger. Er musste sich dennoch kurz setzen, um diesen Schrecken zu verarbeiten.

„Der Weg durchs Feuer wird uns auflösen. Wie sollen wir also hindurch?", fragte Domkn genervt. Jess-K sprang vor lauter Wut auf. Sie waren so kurz vor dem Ziel und langsam hatte er die Schnauze voll von den vielen Fallen. Er zweifelte das erste Mal an sich, ob er wirklich schon bereit war, König zu werden und ob er diese Prüfung überhaupt bestehen würde. Gerade als Domkn seine Hand auf Jess-Ks Schulter legen wollte, schlug dieser mit dem Fuß gegen die Wand, drehte sich vor lauter Schmerz um und stieß unachtsam die Schale mit Wasser zu Boden. Das Wasser berührte die Feuerwand und eine Explosion an Funken folgte. Es war wie Öl ins Feuer zu gießen, nur dass daraus eine Art Feuerwerk entstand, das die Feuerwand innert kürzester Zeit löschte. Lediglich ein Gitternetz aus Eisenstäben blieb zurück. Domkn berührte sie und war überrascht über die Kälte der Stäbe, die auf beide Seiten hinweg diagonal verliefen. Der Abstand war zu eng gesetzt, als dass sie hätten hindurchklettern können.

Jess-K schlug auf die Stäbe. Dahinter befand sich eine Steinwand mit zwei Statuen auf beiden Seiten, die an Wachhunde erinnerten. Dazwischen hing ein Schild. In dessen Mitte im schönsten Dunkelrot der Kristall schimmerte. Domkn griff durch das Gitter ins Leere, während Jess-K einen Zauber nach dem anderen sprach. Nachdem keiner funktionierte, nahm er seinen Säbel und schlug in das Gitter. Anstatt des Gitters zerbrach jedoch Jess-Ks Säbel in tausend Stücke. Blitzschnell duckten sie sich, um sich vor den vorbeifliegenden Teilen zu schützen. Ein Aufschrei. Eines der Stücke steckte in Domkns Schulter.

Der Kopf hatte die ganze Szene amüsiert mitverfolgt. Sein Grinsen war ihm jedoch in dem Moment vergangen, als ein Stück des Säbels knapp sein Ohr verfehlte und neben ihm in der Wand steckenblieb.

Jess-K zog Domkn das Teil aus der Schulter und verband die Wunde. Er hatte Glück gehabt. Es war nur eine Fleischwunde. Beide erkannten erst jetzt, wie ruhig der Kopf, der sonst gerne Laute von sich gab geworden war. „Wenn ich es nicht besser wüsste, würde ich sagen, dass der Kopf nachdenkt", sagte Domkn höhnisch mit schmerzverzerrtem Blick. „Grrmpf", ertönte es. „Als ihr mich gefunden habt, war ich eine Schlange. Verwandelt mich zurück und ich kann vielleicht den Kristall holen." Domkn zog seine Augenbrauen vor lauter Überraschung, über den tatsächlich realistischen Vorschlag, nach oben. Jess-K trat an die Gitterstäbe und überlegte. „Du hast noch dein Schwert", sagte er zu Domkn. „Wenn wir ihn in die Schlange zurückverwandeln und auf dein Schwert legen, könnten wir genug Reichweite erlangen, dass die Schlange mit den Zähnen den Kristall herausholt." Für einen Moment trat Stille ein. Es war ein Plan, der tatsächlich durchführbar schien.

Als die beiden zum Kopf blickten, grinste dieser über beide Ohren. „Wir sollten es versuchen", meinte Domkn schulterzuckend, denn was hatten sie schon zu verlieren.

So kam es, dass Jess-K einen Zauber sprach, der den Kopf in eine Schlange zurückverwandelte. Domkn hielt seine Schwertspitze auf den Boden, bis die Schlange die Klinge hinaufgekrochen war. Vorsichtig hob er das Schwert hoch und führte es durch die Gitterstäbe hindurch auf Höhe des Kristalls. Die Schlange bäumte sich auf und konnte dadurch mit dem Kopf etwas über die Schwertspitze hinaus und griff blitzschnell mit dem Zähnen den Kristall.

Überrascht über den Erfolg ihrer Mission schaute die Schlange in ihre Richtung. Es war, als würde sie überheblich Grinsen, dann schluckte die Schlange vor lauter Schreck den Kristall hinunter, als die beiden Statuen lebendig wurden und knurrten. Blitzschnell zog Domkn seine Hand und sein Schwert zurück, als die Wachhunde von ihrem Sockel sprangen, was zur Folge hatte, dass die Schlange zu Boden fiel.

Einer der Hunde hechtete mit fletschenden Zähnen gegen das Gitter. Jess-K und Domkn sprangen einige Schritte zurück. Sie waren zum einem erleichtert, dass sie das Gitter nicht zum Öffnen gebracht hatten, zum anderen schockiert, da der andere Hund sich die Schlange schnappte und in die Luft warf. Dies knallte gegen das Gitter, zerbrach dabei in zwei Teile und gab dadurch den Kristall frei, der auf ihrer Seite direkt am Gitter zum Liegen kam.

Die Hunde stürzten sich auf die Schlangenteile und verspeisten sie. „Schnell", rief Jess-K. „Der Kristall." Domkn hatte verstanden. Es war zu gefährlich zum Gitter zu gehen. Er holte den Kristall mit Hilfe des Schwertes. Jess-K nahm ihn auf, steckte ihn ein und die beiden liefen rasch nach draußen.

Dort angekommen machten sie nach Atem ringend kurz halt. Jess-K griff in die Tasche und schaute fasziniert auf den pulsierenden Kristall in seiner Handfläche. „Er ist wunderschön", stammelte Domkn und nach einer kurzen Pause: „Und es hat noch etwas Gutes. Du musst dein Versprechen gegenüber dem Kopf nicht halten." Jess-K schaute ihn von der Seite an und schwieg. Er dachte sich jedoch, was wäre er für ein König, wenn er seine Versprechen nicht halten würde.

Gemeinsam machten sie sich auf den Weg zum Grafen, der an Andrellas Dorf vorbeiführen würde. Jess-K lächelte.

Der gesamt Wald hatte sich verändert. Sie konnten ungehindert und rasch hindurchschreiten. Er hatte den roten Kristall in Leder eingebunden und gut in seiner Tasche versteckt, dessen Leuchten ansonsten meilenweit zu sehen gewesen wäre. Jess-Ks Zweifel waren wieder verflogen. Jetzt mussten sie nur noch den Grafen besiegen und dann glaubte er, die Prüfung bestanden zu haben.

63

In Higesta. Kurze Zeit später betrat einer der Soldaten den Thronsaal und Maximilian blickte auf. „Ihr solltet Euch das selbst ansehen", sprach der Soldat. Isia war noch zu geschwächt, um mitzukommen. Sie meinte, dass sie in Ordnung sei und Maximilian gehen solle. Zögerlich löste er sich von ihr und folgte dem Soldaten zum untersten Kerker.

Die Tür stand offen und zwei Soldaten befanden sich im Raum. Am Boden lag Layla. Rasch kniete sich Maximilian neben sie und einer der Soldaten sagte ihm, dass sie noch am Leben sei. Doch Layla hatte sich nicht zurückverwandelt. Vor ihm lag nach wie vor eine dürre alte Frau. Im nächsten Moment erschien ein Bild von Layla vor der Wand und sie sprach: „Das Böse ist noch nicht besiegt" und das Bild verblasste wieder. Maximilian blickte zu den Soldaten, die offensichtlich Laylas Erscheinung nicht gesehen hatten. „Bringt sie nach oben", befahl er den Soldaten, die bereits eine Liege vorbereitet hatten. Sie legten Layla darauf und trugen sie in ihre Gemächer.

64

Auf dem Weg zum Grafen kamen Jess-K und Domkn an dem Dorf vorbei, in dem Andrella wohnte. Dort angekommen machten sie halt und Andrella sprang aus ihrer Hütte heraus und rannte freudestrahlend auf Jess-K zu. Dieser stieg von seinem Pferd und lies sich auf die wundervolle Umarmung ein. Dabei spürte er, wie Wärme in ihm aufstieg. Sein Herz raste. Er hatte so etwas noch nie gespürt. Domkn konnte sehen, wie das Feuer der Liebe zwischen den beiden entfacht wurde. Sie lösten ihre Umarmung und blickten sich tief in die Augen. Die anderen Dorfbewohner hatten sich ebenfalls um die beiden versammelt und Domkn wurde in eine der Hütten gebracht. „Du kannst bei mir übernachten", sagte Andrella ganz aufgeregt und wurde dabei rot im Gesicht. Jess-K lächelte und nickte. Er konnte es sich nicht erklären. Wenn er kämpfen musste und sich Gefahren aussetzte, machte es ihm nichts. Doch in der Nähe von Andrella bekam er weiche Knie.

Andrella zog Jess-K in ihre Hütte und sie setzten sich an einen kleinen Holztisch. Sie stellte ihm einen Becher mit Wasser auf den Tisch, welches Jess-K mit einem Schluck hinuntertrank. „Erzähl mir von deiner Reise." Er atmete einige Male tief durch und begann zu erzählen. Mit großen Augen lauschte sie ihm und freute sich, dass er den roten Kristall gefunden hatte. „Kann ich ihn sehen?", fragte sie ganz aufgeregt. Mittlerweile war es draußen dunkel geworden und die Hütten wurden von Fackeln erhellt. Vorsichtig zog Jess-K den in Leder eingebundenen Stein heraus. Mit seiner Hand griff er nach dem Tuch, stockte in der Bewegung und blickte nach draußen. „Das Leuchten wäre zu stark. Das ganze Dorf könnte es sehen", erklärte er ihr. Er senkte seinen Blick und packte rasch den Stein wieder ein. Dann schaute er Andrella in die Augen und sagte: „Es ist einfach zu gefährlich" und schüttelte sanft seinen Kopf.

Sie verstand, legte ihre Hand auf die seine und lächelte. Jess-K rutschte näher zu ihr, blickte ihr tief in die Augen und küsste sie. Gemeinsam legten sie sich auf ihr Bett. Jess-K nahm sie in den Arm und hielt sie fest bis sie einschliefen. Er genoss die Nähe von Andrella. Mit ihr hatte er das Gefühl ganz zu sein.

Mitten in der Nacht schreckte ihn ein Geräusch hoch. In dem Moment rannte Domkn bereits in ihre Hütte. Auch Andrella war erwacht und die beiden setzten sich rasch auf. Hektisch erklärte Domkn, dass die Männer des Grafen nach ihnen suchten und eine Belohnung auf ihre Köpfe ausgesetzt hatte. Es gab jetzt niemanden mehr, dem sie trauen konnten und sie mussten schnellstens fliehen. Jess-K und Andrella blickten sich erschrocken an. „Bitte nimm mich mit", flüsterte sie. Sie wollte nicht, dass Domkn sie hörte. „Es ist viel zu gefährlich" und Jess-K schüttelte den Kopf. Er drückte ihre Hände von sich weg, stand auf und ging hinaus. Am Eingang blieb er kurz stehen und blickte zurück. Andrella konnte sehen, wie leid es ihm tat und im nächsten Moment waren die beiden verschwunden.

65

Zwischenzeitlich waren Kaylan und Eldaron durch das Portal ins Dorf Amados zurückgekehrt. Das ultimative Böse befand sich gut getarnt in Kaylan, sodass keiner merkte, was vor sich ging. „Jetzt müssen wir das Licht an seinen Platz zurückbringen", sprach Eldaron. „Doch dies könnt nur Ihr" und er überreichte es Kaylan.

Die Frauen im Dorf bildeten einen Kreis. Sie öffneten ein Portal für Kaylan, das direkt zur Quelle führte. Dort angekommen blickte er sich um. Er war allein. Dunkelheit umhüllte die Wasserquelle und Kaylan begann lauthals zu lachen. Es klang wie das Siegeslachen des ultimativen Bösen.

Im gleichen Moment als das Portal sich wieder schloss, überkam Raya ein dumpfes Gefühl. „Könnt ihr das spüren?", fragte sie die anderen. Eldaron konnte es ebenfalls spüren. Etwas war nicht in Ordnung. „Öffnet das Portal!", sagte er rasch zu den Frauen, die sich sogleich die Hände reichten und Ihre Köpfe senkten.

Kaylan war bereits an die Wasserquelle herangetreten und stieg hinein. Er zog das Netz vom Licht, schloss seine Augen, damit es ihm nichts anhaben konnte und hielt das Licht über die Wasserquelle. Langsam glitt es nach unten und das Wasser vibrierte. Keiner wusste, ob es tatsächlich möglich war, das Licht wieder an seinen ursprünglichen Platz zu bringen. Wasser spritzte auf alle Seiten empor. Plötzlich machte es Blubb und das Licht war wieder an seinem Platz.

Doch etwas war anders als vorher. In der Mitte des Lichtes befand sich ein schwarzer Punkt. Kaylan hatte einen dunklen Zauber gesprochen und dieser befindet sich jetzt in der Mitte des Lichtes. Dieses Licht, das die Flüsse von solcher Magie befreite, kann sich selbst nicht von diesem dunklen Zauber befreien. Das Licht selbst wurde nicht dafür geschaffen.

Zufrieden stieg Kaylan aus dem Wasser und im gleichen Moment trat Eldaron aus einem Portal hinter ihm. Der Ort erschien wieder taghell, in seinem vollen Glanz. Überrascht blieb Eldaron stehen und schaute zur Wasserquelle. Für ihn schien alles so, wie es sein sollte. Doch der Schein trübte. Kaylans Ziel war im Moment nicht die Wasserquelle. Er hatte etwas vor, das weitaus größere Folgen hatte. Nach einem Moment der Stille sprach Eldaron: „Es hat funktioniert." „Ja, das hat es und es ist Zeit, dass ich zum Rat der Ältesten zurückkehre." Eldaron war zutiefst dankbar, dass das Licht seinen Platz wieder eingenommen hatte, dass er das seltsame Gefühl komplett vergaß. Kurz darauf verschwand Kaylan durchs Portal, welches ihn direkt in die Höhle von Elilia führte.

Doch als Eldaron allein an der Wasserquelle stand, das sprudelnde Wasser aus dem Stein beobachtete und zu den weiß-rosa blühenden Bäumen schaute, hatte er wiederum das dumpfe Gefühl, dass etwas nicht in Ordnung war. Es fühlte sich an, als wäre der Ort beschmutzt worden. Kurzerhand trat er in die Wasserquelle und fuhr mit der Hand sanft über das Licht. Dabei wurde ihm fast übel. Etwas stimmte hier ganz und gar nicht. Dann spürte er, dass er gerufen wurde.

66

Kaylan saß in Elilias Höhle, legte einige Holzscheite in die Feuerstelle und entfachte es mit einem Zauber. Dann ging er zum Kessel und rief nach Elilia. Sie tauchte schon kurz darauf im Kessel mit der silbrigen Flüssigkeit auf, stieg völlig durchnässt heraus und sah Kaylan an. Sie spürte, dass etwas anders war, konnte es aber nicht zuordnen. Rasch zog sie den Ring von ihrem Hals, doch noch bevor sie ihn Kaylan zurückgeben konnte, sprang dieser in den Kessel und war verschwunden. Der Ring zog sich zu Elilia zurück, die nach Luft zu schnappen begann. Sie hatte keine Wahl und sprang zurück in den Kessel.

Kaylans Verschwinden war von den anderen Ältesten nicht bemerkt worden, denn Elilia hatte unauffällig an Kaylans Stelle den Schein gewahrt. Der Ring verhinderte, dass Kaylan den Ort der Ältesten verlassen konnte. Doch ohne Ring war es für ihn jederzeit möglich.

Mikael traf auf Kaylan und wurde gefragt, wie es ihm gehe. Er antwortete, dass es ihm gut gehe und Mikael glaubte es auch. Das ultimative Böse hatte sich hinter Kaylans Herz versteckt. Dies war ein guter Filter, dass es nicht entdeckt werden konnte. Als Mikael den Raum verließ, grinste Kaylan. Er hatte den ersten Schritt geschafft. Jetzt war es Zeit seinen Plan in die Tat umzusetzen.

Beim Rat der Ältesten kam Elilia als Wassergestalt heraus. Hier konnte ihr der Ring nichts anhaben, doch ihre einzige Chance bestand darin, mit einem der Ältesten Kontakt aufzunehmen.

Das würde schwierig werden, denn sie war hier nichts anderes, als ein fingergroßes Wasserwesen und sie wusste nicht, wie lange sie hier verweilen konnte, denn ihr Körper befand sich irgendwo in einer Zwischenwelt.

67

Jess-K setzte sich im Wald auf einen Baumstumpf. Er brauchte eine Pause. Noch immer dachte er über Andrella nach, ob er wohl die richtige Entscheidung getroffen hatte, sie zurückzulassen. Er würde sie gerne mit nach Hause nehmen, doch dies war nicht der richtige Zeitpunkt und der richtige Ort darüber nachzudenken. Domkn näherte sich ihm. „Worüber denkst du nach?", fragte er Jess-K, doch dieser stand auf und ging zu seinem Pferd. „Es ist nichts. Wir sollten uns beraten, wie wir den Grafen besiegen wollen." „Ich schlage vor, wir gehen durch die Vordertür und ich lenke ihn ab, während du den Kristall gegen ihn einsetzt." Dabei zwinkerte er. „Und du meinst, das ist eine gute Idee?", lächelte Jess-K.

68

Währenddessen hatte sich die Lage in Higesta beruhigt. Während die Menschen in der Stadt begannen aufzuräumen, hatte sich Isia wieder gut erholt und saß auf dem Thron.

Eldaron erschien mit Mia im Schloss, die sich sogleich auf Maximilian stürzte, der sie jedoch sanft von sich wegstieß, denn Isia war im gleichen Raum. Er wollte nicht, dass Isia sie zusammen sah. „Wir haben ein Problem", sprachen Maximilian und Eldaron gleichzeitig. Sie sahen sich überrascht an und dann erklärte Maximilian, dass Layla sich nicht zurückverwandelt hatte und Eldaron, dass etwas Dunkles in der Wasserquelle vor sich ging. Sie hatten versucht Elilia zu rufen, doch diese antwortete nicht. „Glaubt Ihr, dass es möglich ist, dass das ultimative Böse Kaylan als Wirt genommen hat?" Eldaron blickte zu Mia. „Wir befürchten das Schlimmste, jedoch verstehen wir nicht, weshalb er dann das Licht zurück in die Wasserquelle gegeben hat?" „Das ist eine gute Frage", meinte Maximilian. „Könnte es sein, dass Layla sich erholen würde, wenn wir sie in einen Fluss legen und die dunkle Magie aus ihr gezogen wird?" „So funktioniert die Wasserquelle nicht. Der Zauber muss zuerst gebrochen werden, erst dann tritt die Wasserquelle in Erscheinung. Sie bricht jedoch die Zauber nicht." „Was können wir tun?", schaute Maximilian verzweifelt umher.

69

Mia trat an Maximilian heran. Sie hatte bemerkt, wie unangenehm ihre Anwesenheit war und beschloss in ihr Dorf zurückzukehren. Hier konnte sie im Moment nichts ausrichten und sie gab Maximilian die Chance, die Dinge mit Layla zu klären. Deshalb zog sie Maximilian zur Seite und verabschiedete sich.

Mia ging in den Gang hinaus und ein Portal öffnete sich für sie. Mit Tränen in den Augen trat sie hinein und erschien im nächsten Moment vor Raya. „Wir haben dich schon zurückerwartet", sprach sie und schloss sie fest in ihre Arme, nachdem sie Mias Trauer spüren konnte. „Es ist Zeit, die Dinge in Ordnung zu bringen", sprach Raya bestimmt und drehte sich zu den anderen Frauen um. „Wir müssen Elilia finden. Bildet einen Kreis und konzentriert euch auf sie." Sie hielten sich an den Händen. Es war dunkel geworden. Eine leichte Brise wehte und das Rascheln der Blätter spielte eine liebliche Melodie. Dann erhoben sie ihre Köpfe, blickten auf den klaren Himmel und begannen gemeinsam einen Zauber zu sprechen. Der Wind wurde stärker. Staub wirbelte auf. Ein Wirbelsturm umgab die

Frauen und zog sie hinauf. Sie glitten ruhig in dem Sturm, während der Wirbelsturm am Boden Bäume entwurzelte und Gesteinsbrocken in die Luft schleuderte. Als der Wirbelsturm seine Stärke verlor, setzten die Frauen sanft vor Elilias Höhle ab. Sie waren überrascht, dass sich nicht einfach ein Portal geöffnet hatte.

Die Höhle fanden sie leer vor. Trotzdem spürten sie, dass etwas nicht in Ordnung war. Es klang wie eine Stimme aus dem Nirgendwo. Raya ging zu dem Kessel, in den Elilia gesprungen war. Darin zogen sich Umrisse und Schatten. Plötzlich hatte Raya einen Geistesblitz. „Der Wirbelsturm", schrie sie aufgeregt, „er ist ein Zeichen der Zwischenwelt." Die anderen blieben in ihrer Bewegung erstarrt. Sie brauchten einen Moment, um zu verstehen, was Raya ihnen versuchte zu sagen. „Zwischenwelt", murmelten einige von ihnen und Mia setzte sich, während die anderen hektisch zu tuscheln begannen.

Erst jetzt drehte sich Raya zu ihnen um. „Elilia ist in der Zwischenwelt. Deshalb ist kein Portal, sondern ein Wirbelsturm entstanden, der das Zeichen des Überganges in eine andere Welt darstellte." Ihre Augen blitzten regelrecht auf. Kurzentschlossen drehte sie sich zum Kessel und steckte ihren Kopf hinein. Unter die silbrige Flüssigkeit hindurch ins Wasser öffnete sie die Augen und sah den Körper von Elilia in den Tiefen des Wassers treiben.

Elilia bemerkte, dass sie gerufen wurde und tauchte in der Schale, die bei den Ältesten stand unter, wo sie Rayas Kopf vor ihr schwimmen sah. Unter Wasser konnte sie jedoch nicht sprechen, deshalb bewegte sie ihren Körper, der Wellen von sich gab. Diese Wellen übertrugen die Gedanken von Elilia zu Raya, die sich bedankte und den Kopf wieder aus dem Kessel zog.

Die anderen warteten gespannt, was es zu erzählen gab, doch Raya hüllte sich in Schweigen und richtete ihre nassen Haare nach hinten. Verwundert schauten sich die anderen Frauen an, bis Raya die Informationen, die sie erhalten hatte freigab und es in Bildern den anderen weiterleitete. „Oh" war zu hören. Dann erneut erdrückendes Schweigen. Die

Situation war schlimmer als sie gedacht hatten. Jetzt war nicht die Zeit überstürzt zu handeln, denn die Welt war in großer Gefahr. Sie waren sich jetzt sicher, dass das ultimative Böse in Kaylan war und mussten diese Information so schnell es ging weiterleiten.

70

Währenddessen hatte Jess-K noch seine Prüfung im Tal der Könige zu bestehen. „Es ist ein wundervolles Land", dachte sich Jess-K, als sie sich dem Schloss des Grafen näherten, das sich auf einer Bergkuppe befand. Wasserwälle stürzten in die Tiefe. Eine Blumenpracht zierte die Wiesen. Selbst die Pfade, die zum Schloss führten, waren mit kleinen Steinmauern und Sträuchern geebnet. Kaum zu glauben, dass gerade an diesem Ort ein solch bösartiger Mensch regierte. Jess-K hatte nicht genug Erfahrung mit Magie, um zu verstehen, was es heißt, von der Magie geblendet zu sein. Er kannte lediglich die Geschichten, die ihm seine Mutter erzählt hatte, von Neveriti oder von der großen Zerstörung.

„Er wird uns meilenweit Kommen sehen", sprach Domkn und holte dadurch Jess-K aus seinen Gedanken. „Ja", murmelte dieser und setzte seinen Ritt fort. Domkn schüttelte den Kopf und schrie ihm hinterher: „Willst du wirklich zur Vordertür hinein?". Doch Jess-K ritt schweigend weiter. Er verliebte sich in dieses Land und könnte sich vorstellen, hier als König mit Andrella an seiner Seite zu regieren. „Hey!", hörte er Domkn schreien, doch Jess-K war wie paralysiert von diesem Ort und trabte einfach den Pfad entlang weiter, der über einige Kehren den Hügel hinauf führte. Dabei sah er Schmetterlinge und Vögel in den verschiedensten Farben.

Ein unsanfter Schlag traf Jess-K in den Rücken. Es war das erste Mal, dass er aufsah und Domkn neben sich wahrnahm. „Hörst du mich?", fragte Domkn. „Du kannst nicht einfach zur Vordertür hinein." „Er weiß vermutlich schon, dass wir hier sind" und Jess-K grinste, als wüsste er bereits, dass er die Schlacht gewonnen hätte. Domkn verstand die Welt nicht mehr. Er fragte sich, ob Jess-K unter einem Zauber stand.

Oben angekommen, wurden sie bereits von den Wachen erwartet und zwei Flügeltüren zum Schloss aufgehalten. Jess-K blieb stehen, drehte sich um und genoss den herrlichen Ausblick ins Land hinein. An diesem Ort schien es 10 verschiedene Arten von Grün zu geben, eines kräftiger als das andere. Die Wasserfälle wirkten sehr beruhigend. Domkn hingegen kam aus dem Kopfschütteln nicht mehr heraus. Er hatte das Gefühl, dass er jeden Moment sterben könnte und Jess-K schien dies völlig egal zu sein.

Nach einer Weile trat eine der Wachen an Jess-K heran und sprach: „Ihr werdet im Schloss erwartet." Doch auch dieses Mal reagierte Jess-K nicht, sondern seufzte friedlich. Wenn Domkn es nicht besser wüsste, würde er sagen, dass Jess-K über beide Ohren verliebt war. Trotzdem war er so überrascht über Jess-Ks Verhalten, dass er selbst nichts tat, um es zu ändern.

Verwirrt schaute die Wache zu den anderen. „Bitte", sagte er nochmals höflich zu Jess-K und hielt ihm seinen Speer unters Kinn, doch aus dieses Mal seufzte Jess-K zufrieden. Wie in Trance antwortete Jess-K: „Richtet dem Grafen aus, dass ich hier auf ihn warte. Der Ausblick ist einfach traumhaft." Jess-K hatte sich in der ganzen Zeit nicht bewegt.

Etwas verunsichert nickte die Wache einer andern zu, die ins Schloss ging. Nur leicht senkte die Wache den Speer, während Domkn vor sich her murmelte: „Ich hoffe, du weißt, was du tust" und er stieg vom Pferd. Die Wache senkte seinen Speer weiter, damit Jess-K ebenfalls absteigen konnte.

Kurz darauf trat der Graf heraus und blieb vor den Flügeltüren stehen. Er wusste nicht ob er genervt oder sich herausgefordert fühlen sollte, denn er hasste es, wenn seinen Befehlen nicht gehorcht wurde.

Jess-K stand mit dem Rücken zu ihm, blickte nach wie vor ins Land hinein und machte keine Anstalten sich dem Grafen zuzudrehen. Die Pferde sind mittlerweile in den Stall geführt worden. Domkn wippte nervös und sah, wie Jess-K in seine Jackentasche griff und den in Leder eingewickelten Stein hervorholte. „Du bist zu weit weg. Nicht jetzt", flüsterte Domkn, doch Jess-K machte wiederum keine Anstalten auf ihn zu hören. Stattdessen legte er den eingewickelten Stein seitlich von sich auf die Mauer und sprach laut: „Dies ist der Kristall, der Euch töten kann." „Was tust du da?", murmelte Domkn aufgebracht.

Der Graf, der immer noch am Eingang stand, schickte eine Wache, um den Stein zu holen. „Das ist unsere einzige Chance!", wurde Domkn fast hysterisch.

Der Graf, der seine zotteligen langen schwarzen Haare nach hinten strich, forderte eine Wache auf, den Stein seitlich von ihm auszupacken. Dieser tat, wie ihm befohlen und öffnete das Leder auf seiner Handfläche. Der Graf staunte beim Anblick des schimmernden Kristalls. „Weshalb gebt ihr ihn mir? Es wäre ein Leichtes, Euch auf der Stelle zu töten." Der Graf wusste nicht so recht, was er von dieser Situation halten sollte.

Es war das erste Mal, dass Jess-K sich zu ihm umdrehte. „Es ist ein Geschenk", verneigte sich Jess-K, „an Euch, den König dieses Landes." Kurz trat Stille sein. Domkn war so verwirrt, dass sogar sein Kopf sich im Kreis drehte. „Ich habe einen Wunsch", sprach Jess-K fordernd. „Sprecht!", sagte der Graf, der dieser Szene immer noch nicht traute und nach wie vor den Kristall nicht berührt hatte. „Ich möchte im Tal der Könige bleiben. Genau genommen in einem kleinen Dorf mit meiner Geliebten, ohne von Euch gejagt zu werden. Das Dorf ist für euch Tabu, dann habt Ihr nichts vor mir zu befürchten." In Jess-Ks Stimme klang Entschlossenheit.

Ein dreckiges Lachen aus dem Munde des Grafen, der sich regelrecht mit dem Körper aufbäumte. „Der junge König ist verliebt und opfert alles dafür." Der Graf griff sich an seinen Bauch und krümmte sich vor Lachen. „Wer hätte das gedacht."

Es zischte laut. Zwei Schlangen bäumten sich auf dem Ledertuch auf und drückten blitzschnell dem Grafen den Kristall in die vorgesehene Ausbuchtung seiner Rüstung. Ein lauter Knall und der Graf explodierte. Die Wachen liefen schreiend davon, während Jess-K Domkn angrinste, der wie angewurzelt da stand.

„Wir sollten die Pferde holen", meinte Jess-K, doch Domkn hielt ihn an der Schulter zurück. „Wie hast du das gemacht?", wollte er wissen. „Erinnerst du dich an den Kopf?" und Domkn nickte. „Als wir ihn das erste Mal gefunden haben, bestand er nicht aus einer Schlange, sondern aus drei Schlangen. Als die Wachhunde in der Höhle die eine Schlange gegessen hatten, spalteten sich die restlichen 2 Schlangen ab und ich habe sie in erstarrtem Zustand eingesteckt. Sie sehen dann wie ein Symbol aus. Ich habe das Symbol unter den Kristall in das Ledertuch gelegt und als der Graf unaufmerksam war, sprach ich den Zauber, damit die Schlangen zum Leben erwachten." Jess-K konnte nicht anders, er musste über seinen geglückten Plan lachen. „Unglaublich", war Domkn verblüfft und Jess-K ergänzte: „Wie du gesagt hast. Wir gehen durch die Vordertür und die beste Ablenkung warst du! Du hast mit deinen unwissenden Reaktionen, meine Glaubwürdigkeit gestärkt." Dabei zwinkerte er. „Ich sollte dir lieber eine reinhauen dafür, dass du mich im Dunkeln hast stehen lassen. Ich hatte Todesangst." Trotzdem klopfte er ihm mehrmals auf die Schultern. „Ach ja", sprach Jess-K und sprach einen weiteren Zauber. Die Schlangen verwandelten sich wieder zum Kopf, der freudig grunzte. Jess-K nahm den Kristall, der auf dem Boden lag auf und steckte ihn in seine Tasche.

Domkn hatte sich langsam aus seinem Schock erholt und griff das Haarbündel des Kopfes, zog ihn hoch, direkt vor sein Gesicht. „Ich hätte nie gedacht, dass ich das mal sagen würde, aber: Gut gemacht." „Hihi", kicherte der Kopf, doch dann wurde sein Gesichtsausdruck ernst und er drehte sich in der Luft zu Jess-K. „Ihr habt ein Versprechen gegeben."

Während Domkn die Pferde holte, nahm Jess-K den Kopf und legte ihn ins Gras. Er sprach einen Zauber und der Fluch, der über diesem Land lag, löste sich auf. Die versteinerten Tiere wurden wieder lebendig und die Wälder füllten sich mit Leben. Der Kopf verwandelte sich in zwei Schlangen, sie sich aufbäumten und ihm zunickten. Im nächsten Moment krochen sie über die herrliche Wiese davon.

Domkn, der im Grunde Arow war, trat voller Stolz an Jess-K heran. „Es ist Zeit Andrella zu holen und zu meiner Mutter zurückzukehren", sagte Jess-K. Domkn klopfte ihm auf die Schulter und Jess-K wusste, dass es ihr Abschied bedeutete. Sie umarmten sich und jeder ging seines Weges, denn Arow wusste, dass Jess-K diesen Teil der Prüfung zum König geschafft hatte und nun seine Hilfe im Tal der Könige nicht mehr brauchte.

71

Währenddessen in Higesta. Layla lag im Bett in ihrem Gemach. Jede Bewegung ihres Körpers schmerzte, deshalb versuchte sie, ruhig zu liegen. Sie schloss ihre Augen und rief Maximilian herbei, der zu ihrer Überraschung schon wenige Augenblicke später ihr Schlafgemach betrat. „Bitte lasst uns allein", sprach Maximilian und die Bediensteten verließen das Zimmer. Maximilian setzte sich ans Bett, streifte eine Haarsträhne aus Laylas Gesicht und nahm ihre Hand. „Ich weiß von dir und Mia", sprach sie mit zitternder Stimme. Maximilian senkte seinen Kopf, denn sein Herz schmerzte. „Es war nicht meine Absicht", stotterte er. „Ich weiß und ich gebe dich hiermit frei." Ein zartes Lächeln huschte über ihr Gesicht, doch innerlich zerriss es sie. Tränen schossen Maximilian in die Augen und sein Handgelenk schmerzte. Es gab nichts, was er sagen oder tun konnte. Er nickte, stand auf und küsste sie auf den Mund. „Es war mein sehnlichster Wunsch mit dir mein Leben zu verbringen, doch nachdem dies überstanden ist, werde ich in meine Welt zurückkehren und versuchen sie zu retten. Zuerst gilt es jedoch deine Welt zu retten." „Jess-K ist die Lösung", flüsterte sie. Dann schlief sie ein.

72

Einen Tag später ging Jess-K Hand in Hand mit Andrella durch den Torbogen, der sie in den Kreis der versteinerten Königsstatuen brachte. Andrella staunte. Weiter ging es über die wackelige Hängebrücke, die von den gefallenen Königen mit Trommelschlägen begleitet wurden. Diese klangen fröhlich. Es war, als würden sie ihm zur bestandenen Prüfung gratulieren. Jeder einzelne der Könige, die in einer Ausbuchtung saßen, zog seine Krone, wenn Jess-K ihren Weg passierte.

Jess-K schwelgte in Erinnerungen: Als er Andrella im Dorf wiedersah, brach sie in Freudentränen aus. Mit ihrer Hilfe konnte er den Dorfbewohnern das Schicksal des Bettlers erklären und sie holten ihn zurück ins Dorf, wo er die Hütte von Andrella übernahm. Die Dorfbewohner erkannten erst jetzt, wie viel der Bettler im Grunde FÜR sie getan hatte und sie akzeptierten ihn nun als einen von ihnen.

Andrella war begeistert und nervös zugleich. Sie wusste nicht, was sie erwarten würde, als sich vor ihnen das Portal zeigte.
Jess-K trat als Erster durch das Portal im Wald und stand zwischen den majestätischen Bäumen, wo er vor kurzem mit seiner Mutter gestanden war, bevor seine Prüfung begonnen hatte. Vor ihm sah er Pferdespuren. Layla musste nach ihm gesucht haben. Andrella durchschritt das Portal und blinzelte. Das Licht, welches zwischen den Bäumen hindurchschimmerte, blendete sie. Jess-K küsste sie, nahm sie an der Hand und sie machten sich zu Fuß auf den Weg zum Schloss.
Nochmals drehte sich Jess-K zum Portal im Wald um, dass wie ein Schleier aus der Ferne die Bilder vom Bettler, der Frau Aldira, die ihm die Karte gegeben hatte und Domkn zeigte, die sich dann alle in Arow verwandelten, der ihnen zuzwinkerte und sich dann samt des Portals in Luft auflöste. Nun wusste Jess-K, dass er die ganze Zeit einen Freund an seiner Seite gehabt hatte und niemals alleine war. Er umarmte Andrella und

drückte sie fest an sich, denn er hatte nicht nur die Prüfung zum König bestanden, sondern auch eine wundervolle junge Frau gefunden. Sein ganzes Wesen strahlte reine Liebe, Zufriedenheit und Dankbarkeit aus. Er konnte sich nicht vorstellen, dass etwas dieses Glück erschüttern könnte.

73

Eldaron war mittlerweile bei den Frauen in Elilias Höhle eingetroffen. Sie waren sich alle einig. Sie mussten handeln und zwar schnell.

Ungeschickt stand Mia auf, stolperte und stieß den Kessel mit der silbrigen Flüssigkeit um. Eldaron und die Frauen erstarrten. Der Kessel war der einzige Zugang in die Zwischenwelt, in der Elilia gefangen war. Raya begann zu schimpfen, doch Eldaron hob seine Hand und sprach: „Seht." Die Flüssigkeit hatte sich in einer Ausbuchtung im Boden gesammelt. „Die Flüssigkeit ist noch da. Wir müssen lediglich schnell handeln." Schnell handeln, das tat Mia, denn sie war verletzt über die Zurückweisung von Maximilian. Mit einem Satz sprang sie zum Erstaunen der anderen ins Wasser. Murmelnd sprach sie einen Zauber und anstatt auf den Untergrund aufzusetzen, ging sie regelrecht unter, als gäbe es keinen Boden. Das Wasser spritzte an allen Seiten empor.

Raya trat aufgeregt an Eldarons Seite heran. „Das ist nicht gut, wir müssen etwas tun, sonst ist Mia verloren." Eldaron war über Mias Handlung zu überrascht, als dass er hätte auf Rayas Worte antworten können. Er legte seine Hand an sein Kinn und dachte nach.

Kurz darauf schwamm Mia an Elilias Körper in der Zwischenwelt vorbei und stieß mit ihrem Kopf durch das Auge. Jene Schale, die in der Halle am Ort der Ältesten stand. Einem Ort, an dem sie nicht sein sollte und nicht sein dürfte. Sie war nur winzig, im Vergleich zu den Ältesten, die sich gerade im

Raum aufhielten. Sie stieg aus dem Wasser und setzte sich an den Rand der Schale, um sich einen Überblick zu verschaffen. Als sie sicher war, dass Kaylan nicht im Raum anwesend war, sprach sie einen weiteren Zauber, der das Wasser in der Schale zum Überlaufen brachte.

Das Plätschern des Wassers, das auf den Boden lief, erregte die Aufmerksamkeit der Ältesten. Mikael trat gefolgt von den anderen an die Schale heran, beugte sich darüber und erblickte Mia in menschlicher Gestalt, jedoch aus reinem Wasser bestehend. Mia stand auf und winkte, um sicher zu gehen, dass Mikael sie gesehen hatte.

Mikael streckte ihr den Zeigefinger entgegen, der von ihrer Sicht aus wie ein Riese wirkte. Bedroht schreckte sie zurück, als der Finger auf ihren Kopf tippte und sie ins Wasser zurückfiel und wieder mit dem Wasser verschmolz. Tief unter Wasser sah sie erneut Elilias Körper. Es schien, als versuchte sie ihr zuzulächeln.

Mühsam kämpfte sich Mia wieder zurück an die Oberfläche und kroch aus dem Wasser an den Rand der Schale. Als sie aufblickte, war Mikaels Kopf so nahe, dass sie vor lauter Schreck fast wieder ins Wasser zurückgefallen wäre. Sie hielt sich am Schalenrand fest und musste zusehen, wie Mikael Luft in seine Lungen zog und mit voller Wucht ihr entgegen blies, dass sie von der Schale nach hinten katapultiert wurde. Sie versuchte zu schreien, doch es war nur blubbern zu hören. Trotzdem nahm sie Mikaels Worte wahr, der einen Zauber sprach. Mia wurde während ihres Fluges wieder zum Mensch, doch durch die Wucht des Fluges stolperte sie und fiel zu Boden. Einen Moment später reichte ihr Mikael seine Hand und half ihr hoch.

Die anderen Ältesten tuschelten. Lediglich Mikael wandte sich ihr zu. „Was führt euch hierher?" Mia versuchte zu sprechen: „Kaylan", und sie pustete Wasserspritzer, was ihr peinlich war, doch Mikael gab ihr zu verstehen, dass es eine Nebenwirkung der Zaubers war. „Das ultimative Böse", lächelte sie verlegen, während weitere Wasserspritzer aus ihrem Mund kamen. Sie hielt sich die Hand vor den Mund und schaute zum Boden. Es war ihr sichtlich unangenehm.

Mikael berührte kurzerhand ihre Schulter und sah Mias Gedanken und Erinnerungen. Als er seine Hand wegnahm, hätte Mia eine entsetzte Reaktion erwartet, doch Mikael zeigte keine Regung, sondern sprach: „Bitte, Mia, warte hier. Ich werde mich mit den anderen besprechen und zurückkehren." Er nickte und verlies mit den anderen den Raum.

74

Zwischenzeitlich erreichte Jess-K mit Andrella die Stadt Higesta. Die Menschen räumten die letzten Spuren weg, die darauf hinwiesen, dass das ultimative Böse gewütet hatte.

Jess-K blieb stehen, nachdem sie das Stadttor passiert hatten. Trauer lag in der Luft. Manche der Menschen hatten jemanden verloren. Alle schienen verängstigt zu sein. Er schaute zu Andrella, die ebenfalls erkannte, dass hier etwas Schlimmes passiert sein musste. Jess-K drückte ihre Hand und sie gingen unter gesengten Blicken der Bewohner zum Schloss.

Im Thronsaal fanden sie Maximilian und Isia vor. Er wusste nicht so recht, was vor sich ging, denn Isia stand bei deren Anblick auf, drehte ihnen den Rücken zu und ging zum Fenster. Maximilian trat ihnen entgegen und umarmte Jess-K, der dabei zu seiner Schwester blickte und Andrellas Hand nach wie vor hielt. Nach der Umarmung stellte Jess-K Andrella vor und wurde freundlich von Maximilian willkommen geheißen. „Ich bitte Euch um Verständnis, uns kurz allein zu lassen." Jess-K erschrak und wollte protestieren, doch Andrella hielt ihn davon zurück und machte ihm verständlich, dass es in Ordnung war. Sie drehte sich um, blickte Jess-K liebevoll an und verließ den Raum. Die beiden Flügeltüren schlossen sich und Jess-K fragte streng und kopfschüttelnd: „Was geht hier vor?" Maximilian bat Jess-K sich auf den Thron zu setzen, der wiederstandlos gehorchte. „Eine Plage hat das Land überschattet, als du im Tal der Könige warst. Das ultimative Böse hat Isia besetzt und sie hat den Menschen, die sie berührt hat, den freien Willen geraubt." Schockiert drehte sich Jess-K zu seiner Schwester um, die nach wie vor aus dem Fenster blickte. „Keine Angst. Wir haben das ultimative Böse besiegt." Und Jess-K atmete auf und bevor dieser etwas sagen konnte, erzählte Maximilian weiter: „Dies war nur möglich, da Isia keine Zauberkräfte mehr hatte."

Isia hätte gerne Jess-Ks erstaunten Blick in dem Moment gesehen, doch sie getraute sich nicht, sich zu ihm zu drehen.

„Wie…?", stotterte Jess-K und Maximilian erklärte ihm, dass es in Isia einen verborgenen Wunsch gab, Königin dieses Landes zu sein, anstatt die mächtigste Magierin zu werden." Ungläubig schüttelte Jess-K den Kopf und auch diesmal unterbrach Maximilian Jess-Ks Versuch, etwas zu sagen. „Es war ihr nicht bewusst. Du solltest sie dafür nicht verurteilen." Traurig schaute Jess-K erneut zu seiner Schwester, die nach wie vor aus dem Fenster starrte. Tränen rannen ihre Wangen entlang. Jess-K war überwältigt von den Emotionen und Gefühlen, die er in dem Moment spürte. Er wusste nicht, ob er Wut, Verachtung oder Mitgefühl für seine Schwester haben sollte. Hilfesuchend blickte er zu Maximilian, der seine Hand auf Jess-Ks legte und weiter sprach: „Du hast es in deiner Hand, ob Isia ihre Zauberkräfte je wieder erhält. Es ist deine Entscheidung. Nur durch dich kann sie wieder Magie anwenden." Jess-K schluckte schwer. Er war zutiefst eifersüchtig auf seine Schwester wegen ihrer magischen Fähigkeiten und ihrem Schicksal, die mächtigste Magierin aller Zeiten zu sein. Auch wenn er der König dieses Landes war, würde sie stets mehr Macht besitzen als er. Jetzt hatte er die Chance, mächtiger zu sein, wie sie.

Maximilian erkannte die Gedankengänge von Jess-K und klopfte sanft auf dessen Hand. „Du bist nun König dieses Landes! Ein guter König respektiert die Schicksale der Menschen und stellt nicht die Macht über alles, sondern lässt seine Taten sprechen." Jess-K brauchte einen Moment, um Maximilians Worte zu verstehen. Er war nur König dieses Landes, wenn seine Mutter tot war und er hörte im Hintergrund Isia schluchzen. „Mutter", stöhnte Jess-K. „Sie lebt", antwortete Maximilian sogleich, „doch sie ist nicht in einem Zustand, in dem sie das Land regieren könnte. DU bist nun der König. Die Lage ist ernst. Wir müssen jetzt Entscheidungen treffen." Jess-K blickte zur Tür. Er wünschte sich Andrella wäre nun hier, an seiner Seite.

„Gib Isia ihre magischen Fähigkeiten zurück!", sprach Maximilian in einem ernsten Ton. Es war das erste Mal, dass Isia zu ihm blickte. Jess-Ks Gedanken schwirrten. Er war nun der König und hatte das Sagen. Wenn er ehrlich war, hatte er nicht das Bedürfnis seiner Schwester ihre Macht zurückzugeben. Doch dann schüttelte er den Kopf. „Was ist mit Mutter?", fragte er wieder voll geistesgegenwärtig. „Komm", antwortete Maximilian und sie verließen gemeinsam den Thronsaal ohne Isia eines Blickes zu würdigen. Andrella war nicht im Gang und Jess-K wollte nach ihr suchen, doch Maximilian hielt ihn zurück. „Es gibt jetzt Wichtigeres. Du wirst sie nachher sehen." Jess-K akzeptierte und sie machten sich auf den Weg in Laylas Gemach.

Nachdem Maximilian die Tür öffnete, lies er Jess-K alleine eintreten. Schockiert vom Anblick seiner Mutter, die wie ein Geist wirkte, blieb Jess-K wie angewurzelt stehen und schaute zurück zu Maximilian, der ihm tief in die Augen sah und daraufhin die Tür schloss. Layla schlief friedlich, doch ihr Anblick von Haut und Knochen, die dem Tode nahe standen, schockierte Jess-K dermaßen, dass er am Stand umdrehte und nach draußen lief, vorbei an Maximilian in den Thronsaal.

„Du musst Mutter retten", flehte er Isia an, die sich auf einen Stuhl seitlich des Fensters gesetzt hatte. „Ich kann nicht. Ich habe keine magischen Fähigkeiten", stotterte Isia beschämt und starrte zum Boden. Jess-K kniete vor ihr nieder. „Bitte. Du kannst deine magischen Fähigkeiten haben. Rette unsere Mutter." Isia wartete ab, was passierte. Sie hatte gehofft, dass durch Jess-Ks Entscheidung ihre magischen Fähigkeiten zurückkehren würden, doch dies war nicht der Fall. Sie betrachtete ihre Hände und schüttelte ungläubig den Kopf. Jess-K schaute sie mit offenem Mund an. „Was?" „Die Magie kehrt nicht zurück. Ich weiß auch nicht warum", stotterte Isia.

Kurzerhand zog Jess-K seine Schwester hoch und sie liefen zu den Stallungen, sattelten ihre Pferde und machten sich auf den Weg zu den Wasserblasen. Es war Zeit für Antworten. In dem ganzen Geschehen hatte Jess-K völlig Andrella vergessen.

75

Beim Rat der Ältesten herrschte Chaos. Sie hatten versucht Kaylan zu finden, doch sie spürten ihn nicht. Dies war nur möglich, wenn er den Ort der Ältesten verlassen hatte. Mikael hatte in Mias Erinnerungen gesehen, dass Kaylan seinen Ring entfernt hatte, der nun an Elilia gebunden war, die in einer Zwischenwelt feststeckte. Die Wasserquelle war zudem in Gefahr, durch das ultimative Böse, dass sich in Kaylan unerkannt festgesetzt hatte.

Mikael ergriff die Initiative. Raschen Schrittes betrat er den Raum mit der Schale. „Es ist Zeit für Euch zurückzukehren", sprach er zu Mia. Mit einer Handbewegung verwandelte er sie in Wasser zurück, die im nächsten Moment in der Schale untertauchte.

76

Kaylan hatte sich unbemerkt von den Ältesten entfernt und war zur Wasserquelle zurückgekehrt. Um seinen Plan zu verwirklichen, brauchte er alle sieben Säulen. Durch die Schale oder auch das Auge genannt, konnte er auf diese verborgenen Informationen zugreifen. Eine dieser Säulen war Layla, die bewegungslos in ihrem Bett lag. Eine andere Elilia, die in einer Zwischenwelt gefangen war. Maximilian stellte eine weitere Säule dar. Zudem wurde aus jedem magischen Volk, die Hewas, die Felken und die Druiden eine weitere Säule erschaffen. Dabei kam er auf die Zahl Sechs. Blieb also noch eine weitere Säule, die ihm nicht einmal das Auge offenbart hatte. Er hoffte nun über die Wasserquelle, das ultimative Böse unter den Menschen zu verteilen, indem er die Sieben Säulen zum Versteinern brachte und dadurch die restlichen Plagen über das Land hereinziehen würden. Er hoffte darauf, dass sich die Identität der siebten Säule durch die Erschütterungen der restlichen Sechs zu erkennen geben würde.

77

Währenddessen waren Jess-K und Isia im Wald Kanan bei den Wasserblasen angelangt. Sie hatten die beiden erwartet und summten ein friedliches Lied, das in melodische Worte überging. „Ihr seid zurückgekehrt. Was ist euer Anliegen?" Isia hielt Jess-K davon ab, etwas zu sagen, indem sie ihn am Arm zurückzog und trat selbst einen Schritt vor. „Ich möchte, dass Jess-K, wenn seine Zeit gekommen ist, König dieses Landes wird. Es ist mein sehnlichster Wunsch." Und Jess-K ergänzte: „Ich bitte euch darum, Isia ihre magischen Fähigkeiten zurückzugeben."

Die Wasserblasen machten gemeinsam eine auf und ab Bewegung, die ein „ja" zeigten. In dem Moment schoss ein Pfeil aus dem Wasserfall direkt in Isias Herz. Sie erschrak und hielt die Luft an, doch der Pfeil löste sich im nächsten Moment in goldenes Licht auf und hinterließ keine Spuren. Isia tippte sich an ihre Brust und atmete erleichtert auf.

Sie hob ihre Hände, sprach einen Zauber und die Wasserblassen platzten, dass eine Fontäne aus Regentropfen auf den See niederprasselte. Lächelnd und zufrieden bedankte sie sich bei ihrem Bruder, dass sie ihre Magie zurückbekommen hatte. Jetzt wusste sie, dass es sich um eine kostbare Gabe handelte, die sie erhalten hatte und weise damit umzugehen hatte. Das Band zwischen ihr und ihrem Bruder hatte sich verstärkt.

Sie wollten zu ihren Pferden, als eine riesige Wasserblase gegen Jess-Ks Kopf schoss und zerplatzte. Ruckartig drehte er sich um und einige Wasserblasen sprachen zu ihm: „Eure Prüfung ist noch nicht zu Ende." Jess-Ks Erstaunen ließ ihn in seiner Bewegung erstarren.

Kurz darauf trat er ans Ufer, auf dem sich der Steg Schritt für Schritt bildete und Jess-K ging unter dem Blick seiner Schwester, den Wasserfall hindurch in die Höhle. Dort leuchtete der Kristall den Raum hell aus.

In diesem Moment traten die drei Reiter auf ihren Lemixen durch die hintere Felswand. Der Anblick war auch dieses Mal atemberaubend, denn die Hörner der Lemixe strahlten golden-schimmerndes Licht ab. Der mittlere Reiter stieg ab und trat an Jess-K heran.

„Ihr habt Eure Prüfung bestanden und gezeigt, dass Ihr würdig seid, König zu sein. Die wahre Prüfung ist jedoch nicht die zum König, sondern die Prüfung über Euch selbst." Jess-K fühlte sich wie in Trance beim Lauschen dieser wundervollen Stimme, die tief in ihn Eindrang. Er wusste nicht einmal, ob es sich um Worte handelte, die der Mann sprach oder um gesungene Klänge, die sich in Jess-Ks Kopf in Worte verwandelten. „Die Prüfung über Euch selbst hat begonnen, als ihr Isia ihre Magie zurückgegeben habt. Ihr habt sie jedoch gegeben, um Eure Mutter zu retten und nicht, weil Ihr Euch dafür entschieden habt. Deshalb wird eine weitere Prüfung zeigen, ob Ihr versteht, für etwas Höheres und Ganzheitliches zu Leben, als nur für Euch selbst." Jess-K verstand nicht, doch das goldene Licht umarmte ihn mit so viel Liebe, dass er nicht das Bedürfnis hatte, weiter zu fragen. Die Lemixe drehten sich und waren im nächsten Moment verschwunden. Mit ihnen das goldene Licht und sein goldenes Zepter, das er an seinem Gürtel getragen hatte.

Mit einem Ruck kam er wieder voll zu sich und ging durch den Wasserfall hinaus zu Isia, die ihn liebevoll anschaute. „Ist alles in Ordnung?" „Ja", antwortete Jess-K, „wir sollten uns auf den Weg machen und Mutter retten."

Sie stiegen auf ihre Pferde. Isia schob ein paar Zweige aus dem Weg und sie ritten zurück nach Higesta.

78

Mittlerweile hatte Kaylan unzählige der weiß-rosa Blüten am Ort der Wasserquelle gesammelt und sie auf einen Haufen gelegt. Von den Bäumen brach er Äste ab und baute sie zu einem Zelt über der Wasserquelle zusammen. Es dunkelte das Licht ab und tauchte den ganzen Ort in eine Abendstimmung. Schon bald war Kaylan mit seinen Vorbereitungen fertig, um seinen Plan durchzuführen.

79

Mia hatte Glück, denn sie erschien inmitten Elilias Höhle, ohne das Portal durch das Wasser benutzt zu haben. Dies wäre nicht mehr möglich gewesen, denn die anderen standen um die Ausbuchtung, in der vor kurzem noch die Flüssigkeit des Kessels lag, doch dieses Wasser war durch die vielen Ritzen in den Boden gesickert. Deshalb erschraken sie, als Mia hinter ihnen stand, die sehen konnte, dass Raya geweint hatte. Sie hatten geglaubt, Mia wäre tot.

Nach der Wiedersehensfreude warf eine der Frauen in die Runde die Frage ein: „Was ist mit Elilia? Sie ist eine der 7 Säulen und sie ist nach wie vor in der Zwischenwelt gefangen, ohne ein Portal in diese Welt", und blickte dabei auf den Kessel. Eldaron setzte sich. „Sie muss noch leben, denn sonst hätte es bereits eine Erschütterung der Säulen gegeben." Die anderen stimmten zu. „Können wir ein anderes Portal für sie erschaffen?", fragte eine von ihnen.

Sie standen auf, bildeten einen Kreis und hielten sich an den Händen. „Konzentriert euch auf ein Portal in die Zwischenwelt", sprach Raya. Sie sahen einen Kessel, erkannten jedoch nicht, wo er sich befand. Auch ihre Magie reichte nicht aus, sich zum Kessel zu begeben. Deshalb entschieden sie, ins Dorf zurückzukehren und öffneten ein Portal.

80

Isia betrat das Schlafzimmer ihrer Mutter, gefolgt von Jess-K. Layla war wach und versuchte zu lächeln. Es fiel ihr sichtlich schwer. Isia zog die Vorhänge des Bettes zur Seite und kniete nieder. Sie streichelte ihrer Mutter sanft übers Haar. Laylas Augen strahlten reinste Liebe aus, die Isia mitteilten, dass es in Ordnung war, falls ihre Zauberkräfte nicht ausreichten, um sie zu retten und sie bei dem Versuch sterben würde. Isia war sehr dankbar dafür. Trotzdem spürte sie Jess-Ks nervöse Blicke im Nacken.

Sie stand auf und breitete ihre Hände aus. Ihre Füße verwandelten sich in tiefe Wurzeln eines Baumes, die sich durch Decken und Räume des Schlosses, tief in die Erde eingruben. Lichtblitze durchzogen die Wurzeln aus der Erde hinauf durch Isias Körper, die weiter durch ihre rechte Hand in Layla hineinschossen. Die Blitze formten sich in Laylas Körper zu Kugeln, die ihren gesamten Körper durchfuhren und die böse Magie aufzusaugen schienen. Jess-K war ebenfalls ans Bett herangetreten und konnte jede einzelne der Kugeln durch die fast durchsichtige Haut sehen. Dabei färbten sich die Kugeln dunkel und schossen in Isias linke Hand zurück durch die Wurzeln in den Boden hinein, wo sie sich in unterirdischen Flüssen auflösen sollten, doch dies taten sie nicht. Sie trieben lediglich umher.

Laylas Lebenskraft war zurückgekehrt. Sie verjüngte sich, ihre Haut bekam wieder deren ursprüngliche Farbe. Isia und Jess-K setzten sich aufs Bett und umarmten ihre Mutter. „Ich bin so stolz auf euch beide", strahlte sie. Isia weinte. Sie war überglücklich, denn nun würde sich alles wieder zum Guten wenden. Jess-K entschuldigte sich und machte sich auf die Suche nach Andrella.

81

Kaylan war mit seinen Vorbereitungen bei der Wasserquelle fertig. Bereits zu diesem Zeitpunkt filterte die Wasserquelle nicht die gesamte schwarze Magie mehr aus den Flüssen.

Jetzt befand sich über der Quelle ein Geflecht aus Ästen, das mit einer Hülle aus weißen Blütenblättern abgedeckt war und nicht nach dem Werk des ultimativen Bösen, sondern eher des Guten, ausschaute.

82

Maximilian hatte sich in der Zwischenzeit auf den Weg zurück ins Dorf Klenarl zu den Kindern gemacht, nachdem er seinen Zauberstab nirgends finden konnte. Er nahm an, dass Patrek ihn noch hatte. Jetzt brauchte er jedoch den Stab, um das ultimative Böse zu vernichten.

Unauffällig war ihm Andrella gefolgt, die vergeblich von Jess-K im Schloss gesucht wurde. Sie hatte das Gefühl, dass Maximilian etwas im Schilde führte und wollte es, wenn notwendig versuchen zu verhindern.

Nachdem die Kinder keine Gabe mehr hatten, waren sie überrascht über Maximilians Eintreffen. Patrek begrüßte ihn erfreut und fragte sogleich, was ihn hierherführte. Maximilian erzählte von den Ereignissen und davon, dass er den Zauberstab brauchte. Patrek hielt sich jedoch mit seiner Regung bedeckt und lenkte vorerst davon ab, indem er ihn zu einer Suppe einlud. Maximilian schluckte schwer, merkte jedoch, dass es besser war, guten Willen zu zeigen und auf die Einsicht des Jungen zu hoffen, als es erzwingen zu wollen.

83

Kaylan stand mit gefalteten Händen vor der Wasserquelle. Er spürte, dass die Zeit drängte, denn Eldaron befand sich auf dem Weg hierher. Der Ort hatte sich fast vollständig verdunkelt. Lediglich zwischen einzelnen Blättern schimmerte noch ein wenig Licht der Quelle.

„Monk ink sed letu gastena!", summte Kaylan in einem harten Ton. Er wiederholte den Spruch mehrere Male und erhöhte mit jedem Mal seine Lautstärke.

Eldaron und die Frauen, welche mittlerweile ins Dorf zurückgekehrt waren, spürten, dass die Quelle in ernster Gefahr war. Rasch liefen sie in den Wald, öffneten das Portal und rannten hindurch.

Kaylan bewegte seine Handflächen über die Blätter. Seine Augen glühten in einem unheimlichen schwarz, das sehr beängstigend wirkte in Kombination mit seiner weißen Kutte, die Kaylan trug. Hunderte Fäden aus schwarzem Licht wuchsen aus seinen Fingern hervor und tippten jeweils eines der weißen Blütenblätter an, während er im Hintergrund die Schreie der Frauen hörte, die mit Entsetzen mitansehen mussten, wie die Blütenblätter sich schwarz färbten, in die Luft flogen und in unzählige feinster Staubpartikel zerfielen, die durch die Äste in die Quelle hinabsickerten und für einen Moment, alles Licht dieses sonst strahlenden Ortes verschlang.

Mit einem riesigen Knall wehrte sich das Wasser der Quelle gegen das Eindringen des Bösen. Nachdem jedoch ein Same dieses Bösen bereits in der Quelle vorhanden war, handelte es sich lediglich um einen Versuch, der von vorhinein zum Scheitern verurteilt war. Die darauf liegenden Äste verhinderten, dass der Staub nach Außen gestoßen wurde. Ein Aufheulen, dass Eldaron in die Knie sank, der sich noch einige Schritte von Kaylan entfernt befand. Eldarons Augen liefen schwarz an. Raya stockte und schaute verzweifelt zwischen der Quelle, Eldaron und Kaylan hin und her, überfordert, was sie nun tun sollte. Sie hatten keine Waffen bei sich und ihre Magie reichte nicht aus, um Kaylan aufzuhalten.

„Der feine Staub wird über die Quelle in alle Flüsse getragen, aus denen die Menschen ihr Wasser zum Trinken nehmen. Früher oder später würde jeder von ihnen mit dem ultimativen Bösen infiziert werden und mir gehorchen", sprach Kaylan gefühlslos.

84

Im ganzen Land erschütterte die Erde. Die erste Säule versteinerte durch eine Erschütterung. Die zweite durch zwei Erschütterungen und so ging es weiter. Die Menschen hatten das Gefühl, dass der Boden unter ihren Füßen nicht mehr aufhörte zu beben. Panik und Angst brach aus und die Menschen liefen verwirrt umher, ohne Hoffnung, irgendwo Schutz zu finden. Denn die Erschütterungen würden bald auch die Plagen aktivieren, die an die Säulen gebunden waren.

Am Ort der Wasserquelle zählte Kaylan die Erschütterungen und fluchte, als die Erschütterungen der 6. und 7. Säule ausblieben. Er hatte gehofft, dass diese nicht standhalten würden, doch das taten sie. Zudem wusste er nach wie vor nicht, wer die 7. Säule war. Kaylan brauchte sie alle, um die totale

Herrschaft übernehmen zu können und um die Macht über den Rat der Ältesten zu erlangen.

Layla, die eine der Säulen war, stand mit Isia im Thronsaal ihres Schlosses, als sie starr wie eine Säule zu Boden kippte und regungslos liegenblieb. Maximilian, eine weitere Säule, der sich im Dorf Klenarl befand, fiel der Löffel seiner Suppe aus der Hand, zum Schock der Kinder des Dorfes und unter dem Blick von Andrella. Selbst bei den Druiden, Felken und den Hewas fiel ein Mann in eine Erstarrung.

Beim Rat der Ältesten stand Mikael vor dem Auge. Er wusste, dass Elilia, die ebenfalls eine der sieben Säulen war, nicht versteinert wurde, da sie sich in einer Zwischenwelt aufhielt und solange sie das tat, würde Kaylan seinen Plan nicht vollständig durchführen können. Trotzdem löste er den Ring, der Elilia daran hinderte, wieder in ihre Welt zurückzukehren.

Währenddessen wurden die Flüsse des Landes von den schwarzen Staubkörnern durchflutet. Es würde jedoch einige Zeit dauern, bis die Körner alle Ausläufer erreichen würde.

Zeit, in der Andrella hinter den Bäumen im Dorf Klenarl hervortrat, während die Kinder sich um Maximilian gescharrt hatten. Sie bahnte sich einen Weg hindurch und kniete neben ihn. Patrek fragte: Wer seid ihr und Andrella, die ungefähr im gleichen Alter war wie Patrek, lächelte ihm liebevoll zu. „Du hast den Zauberstab dieses Mannes. Bitte bring ihn mir und ich kann euch helfen." Patrek befand, dass Andrella etwas an sich hatte, dass er ihr Glauben schenkte und schickte einen Jungen, um den Zauberstab zu holen.

Ein anderer Junge reichte Andrella eine Trinkflasche mit Wasser. Sie griff nach der Flasche und schaute Patrek eindringlich an. „Wie lange ist dieses Wasser schon in der Flasche?" Patrek war verwirrt über die Frage und der andere Junge antwortete: „Ich habe es heute Morgen frisch aus dem Fluss geholt." Andrella stand auf und die Jungen traten einen

Schritt zurück. „Hört mir genau zu! Das Wasser der Flüsse wurde bei den Erschütterungen mit dunkler Magie getränkt. Ihr dürft unter keinen Umständen, Wasser aus den Flüssen trinken, bis wir eine Lösung gefunden haben." Entsetzte Gesichter starrten sie an. Lediglich Patrek schien klar denken zu können. „Was können wir tun, um zu helfen?" „Habt ihr noch den Kessel, gefüllt mit Suppe?" „Ja", antwortete Patrek. Die Kinder machten den Weg frei, damit Andrella den Kessel hinter ihnen sah. Sie trat vor und nahm den Zauberstab, den ihr ein Junge vorsichtig nach oben hielt, da er selbst nur die Hälfte ihrer Größe war.

„Ich brauche deine Hilfe", sagte sie zu Patrek. „Hast du noch deine Gabe zu sehen?" und Patrek schüttelte traurig den Kopf. „Das macht nichts", sprach sie sanft weiter. „Diese Gabe ist tief in dir verborgen und mit Hilfe des Zauberstabs und deiner Willenskraft können wir sie reaktivieren." Patrek nickte, stellte sich neben Andrella und sie hielten sich an der Hand. Andrella sprach einen Zauber und er hatte das Gefühl, dass Andrella durch ihn hindurchblickte und den Ort suchte, an dem die Gabe verborgen war. Er hatte zudem das Gefühl, mit Andrella, die nicht viel Älter sein konnte als er, seelenverwandt zu sein. Ein Lächeln huschte über sein Gesicht. Er wollte diese Gabe unbedingt wieder haben. Es fühlte sich wie eine kleine Explosion an, als die Gabe reaktiviert wurde, dass ein „wow" aus Patreks Mund kam. Andrella nickte zufrieden. „Der Kessel ist ein Portal, der uns Elilia, die in der Zwischenwelt gefangen ist, zurückbringen kann. Jedoch nur du kennst den Zauberspruch." Sie reichte dem mit Gefühlen und Bildern überfluteten Patrek den Zauberstand. „Atme tief durch", sprach Andrella so liebevoll, dass sein Herz raste. Er hatte sich verliebt in diese wunderschöne Frau, die ihm den Atem raubte, mit ihrer lieblichen Art. Sie gab ihm einen kleinen Schups am Oberarm, damit Patrek sich konzentrierte. Es galt wichtigeres zu tun, als verliebt dazustehen.

Sie griff nach seiner Hand und deutete mit der anderen an, dass er den Zauberstab benutzen solle. Patrek starrte auf den Kessel, mit dem Stab in der Hand und wusste nicht, was er tun sollte. Er wollte jedoch auf keinen Fall vor ihr versagen. „Glaub an dich", hörte er ihre Stimme wie ein Lied in seinem Kopf. Patrek öffnete den Mund und zu seinem Erstaunen kamen magische Worte oder eher Laute heraus, die für ihn keinen Sinn ergaben. Doch die Suppe im Kessel blubberte und im nächsten Moment schoss Elilia heraus und stand im Kessel oder besser gesagt, in ihrer Suppe. Die anderen Kinder riefen gemeinsam: „Wow". Es schien ein sehr häufig benutztes Wort bei diesen Kindern zu sein. Andrella lächelte Patrek stolz zu, der einen roten Kopf bekam und beschämt zum Boden schaute, während Elilia rasch an ihren Hals griff und bemerkte, dass der Ring nicht mehr da war. Die beiden halfen ihr aus dem Kessel. Der Zauberspruch hatte nicht nur das Portal geöffnet, um Elilia zurückzuholen, sondern beschützte sie auch vor Kaylans dunkler Magie. Der Grund dafür war, dass der Zauberspruch von einem Kind gesprochen worden war.

Elilia sah Maximilian versteinert am Boden liegen. Die Kinder wussten nicht, was sie mit ihm tun sollten, deshalb ließen sie ihn einfach liegen. Einer hatte versucht, Wasser in Maximilians Mund zu träufeln, das jedoch an der Seite nach unten tropfte. „Die Säulen", stotterte Elilia und Andrella ergänzte: „Sind versteinert." Entsetzt schaute Elilia an sich herunter, denn sie fühlte sich quick lebendig. „Bis auf die 6. und 7. Säule", ergänzte Andrella und zeigte auf sie. „Das bist du und wer noch?", fragte sie frech. Elilia wusste es nicht und schüttelte den Kopf.

85

Im Schloss war Layla nach ihrer Versteinerung wieder in ihre Gemächer gebracht worden. Isia wusste, dass sie hier nichts ausrichten konnte und machte sich mit Jess-K auf den Weg zur Wasserquelle.

Isia kürzte den Weg ab und nahm Jess-K an der Hand. Im nächsten Moment standen sie neben Kaylan an der Wasserquelle. Die Frauen des Dorfes befanden sich nach wie vor im Hintergrund und kümmerten sich um Eldaron.

Kaylan entfernte die Äste über der Quelle, dessen Licht wie von einer schwarzen Masse überlagert war. Nur wenige Strahlen brachen hindurch und tauchten diesen Ort in schwaches Licht, welches vibrierte und dadurch einer Weltuntergangsstimmung gleichkam

„Vater", sprachen die beiden gemeinsam, doch Kaylan reagierte nicht. Er schaute auf, doch er erkannte seine eigenen Kinder nicht mehr. Er war vollständig vom Bösen geblendet worden. Jess-K durchfuhr eine Welle des Mitgefühls, denn seine Schwester hatte vor kurzem das gleiche erlebt. „Isia. Wie können wir das Böse besiegen?", fragte Jess-K aufgeregt und Isia ging auf ihren Vater zu und berührte ihn von hinten, als dieser weitere Äste wegräumte. Ein Schauer lief Isia den Rücken entlang, als Kaylan sich umdrehte, sie würgte und nach oben hob. „Nein!", schrie Jess-K. Er trat einen Schritt heran, stieß Kaylan nach hinten, der stolperte, Isia losließ und in die Quelle fiel. Kaylan versuchte daraus hervor zu klettern, doch Isia hielt ihn mit einem Zauber davor zurück. Dazu brauchte sie all ihre Kraft. „Ich kann es nicht lange halten", schrie Isia und Jess-K begann rasch die Äste wieder über die Quelle zu bauen.

Die Frauen hinter ihnen hatten sich im Kreis aufgestellt und ein Portal für Elilia erschaffen, das sie direkt zur Wasserquelle führte. Sie hatten ihr Rufen gehört und schon im nächsten Moment traf sie ein. Mit ihr erschien Andrella und Patrek. Jess-K stolperte fast selbst in die Quelle, als er Andrella sah und vor allem spürte, was in Patrek vor sich ging. Er legte die letzten Äste darauf, als Andrella an seine Seite trat und ihn umarmte, was Patrek einen Stich ins Herz versetzte. Elilia hingegeben stellte sich an Isias Seite, hob den Zauberstab und versiegelte die Äste, so dass Isia aufhören konnte und Kaylan vorerst in der Quelle gefangen war.

Somit hatten sie zumindest etwas Zeit, um durchzuatmen. „Was machst du hier, Andrella?", fragte Jess-K verwirrt und erfreut zugleich. Sie entfernte sich einen Schritt von ihm und begann zu erzählen. „Als ich im Schloss auf dich gewartet habe, trat ein Mann auf einem Lemix an mich heran. Er gab mir eine Papierrolle. Darin stand, dass du deine Prüfung noch nicht beendet hast." Alle Anwesenden hatten sich um die beiden gescharrt und lauschten gespannt. Vor allem Patrek zerriss es sein Herz. „Ich war nun Teil deiner Prüfung und hatte die Aufgabe, Maximilian ins Dorf Klenarl zu folgen. Der Reiter aktivierte in mir Magie, damit ich Elilia half aus der Zwischenwelt zu kommen und er erzählte mir von der Wasserquelle, welche die Flüsse mit dem Bösen tränkte." Dann schluckte sie schwer. „Deine Prüfung ist noch immer nicht zu Ende. Jess-K" und sie ging einen weiteren Schritt von ihm weg. „Was meinst du damit?" Stotternd fuhr sie fort. „Es ist nicht mein Schicksal, mit dir zusammen zu sein" und sie ging einen Schritt auf Patrek zu, nahm seine Hand und sprach: „Es ist mein Schicksal mit Patrek zusammen zu sein." Jess-Ks Herz zerbrach in mehrere Teile und Patrek wusste nicht recht, wie er sich verhalten sollte. „Nein", murmelte Jess-K und schüttelte heftig den Kopf. „Nein. Das kann nicht sein."

Elilia hatte, bevor sie durchs Portal getreten war, die Wasserflasche eingesteckt. Sie griff danach, öffnete den Deckel und schüttete es Jess-K ins Gesicht, der sogleich aufschrie.

Elilia wartete, bis sie Jess-Ks Aufmerksamkeit hatte, dann sprach sie: „Du musst sie gehen lassen. Es gibt jetzt Wichtigeres zu tun". In dem Moment erinnerte sich Jess-K an die Worte: Die größte Prüfung ist die Prüfung über sich selbst. Die anderen standen regungslos da und warteten auf seine Reaktion. Dann hob er seinen Kopf und sprach zu Andrella, obwohl sein Herz schmerzte. „Ich gebe dich frei." Die Worte hallten an diesem Ort wieder und Jess-Ks Herz begann zu heilen. Er hatte das seine und dessen Schicksale akzeptiert und nicht daran festgehalten.

Die drei Lemixe mit ihren Reitern erschienen hinter der Wasserquelle, deren Hörner goldenes Licht ausstrahlten. Wiederum stieg der mittlere Reiter herab, trat an Jess-K heran und überreichte ihm wortlos eine königliche Krone. „Ihr habt gezeigt, dass ihr für Euer junges Alter, wahre königliche Stärke besitzt. Ihr habt Euch selbst als Aufgabe gemeistert, indem ihr Andrella gehen ließt. Eure Prüfung ist vollendet." Er ging wieder zu seinem Pferd zurück, griff an das Horn des Lemix, zog es von dessen Stirn und trat erneut an Jess-K heran. „Ihr seid die 7. Säule. Ihr wart unter unserem Schutz, als die anderen Säulen versteinerten, damit ihr die Möglichkeit hattet, Eure Prüfung zu vollenden." Er überreichte das Horn, das nach wie vor golden strahlte, während das Horn des Lemix bereits wieder nachgewachsen war. Der Reiter stieg auf und im nächsten Moment waren sie wieder verschwunden.

Es war noch nicht die richtige Zeit, sich zu freuen. Jetzt galt es, erst das ultimative Böse zu vernichten und Jess-K wusste nun, wie.
Elilia öffnete das Siegel, welches die Äste auf der Quelle festhielten. Die Frauen aus dem Dorf trugen die Äste von der Quelle weg, während Isia mit ihrer Magie Kaylan in der Wasserquelle halten konnte, dessen Gestalt sich schreiend aufbäumte. Jess-K machte sich bereit, hob das Horn, dessen Spitze nach vorne zeigte. Dann erstarrte er, denn er wußte nicht, ob sein Vater es überleben würde. Isias Hand auf seiner Schulter rüttelte ihn auf. Sanft nickte sie ihm zu. Ein goldener Lichtstrahl, so hell, dass sich alle zur Seite drehten und ihre Augen schlossen. Das Licht durchflutete innert kürzester Zeit die Flüsse und vernichtete alles Böse. Die Wasserquelle wurde ebenfalls vom ultimativen Bösen befreit. Als der Lichtstrahl verblasste und sie ihre Augen öffneten, senkte Isia ihre Hand, in der Hoffnung, Kaylan würde aus der Quelle heraussteigen. Doch das tat er nicht. Von ihm fehlte jede Spur.
Andrella berührte Isia und Jess-K und sagte ihnen, dass sie nach oben blicken sollten, wo ein goldener Abdruck Kaylans erschien.

Eldaron und alle Menschen, die mit dem ultimativen Bösen in Berührung gekommen waren, wurden geheilt.

Isia war stolz auf ihren Bruder und umarmte ihn. Patrek küsste Andrella. Elilia, Raya, sowie die anderen Frauen des Dorfes führten einen Freudentanz auf. Sie konnten zusehen, wie die Äste der Bäume nachwuchsen und erneut aufblühten. Sie hatten es geschafft. Die Plagen waren verhindert worden. Die versteinerten Säulen wurden wieder zum Leben erweckt.

Die Frauen öffneten für alle Säulen ein Portal gleichzeitig. So traten Layla, Maximilian und die drei Säulen der magischen Völker gleichzeitig an die Quelle. Jedem von ihnen wurde ein Schluck der Quelle gegeben. Sie reichten sich samt Eldaron die Hände und gemeinsam aktivierten sie die Magie für alle Menschen. Jeder sollte Magie nutzen können, wenn er das möchte, denn Magie war ein Teil von jedem von uns.

Ein gold-schimmerndes Licht lag über dem ganzen Land. Es schien zu leuchten und zu glitzern. Der Drache Kiron erwachte in seiner Höhle. Neben ihm saß Arow, der Drachenhüter und streichelte ihn. Kiron gähnte. Er war aus einem langen und tiefen Schlaf erwacht. Die Wand des Sehens hatte sich selbst wieder hergestellt und zeigte Bilder aus dem ganzen Land von fröhlichen Kindern und glücklichen Menschen.

Ein magisches Bild, das auch die Menschen an der Wasserquelle spürten, die wieder in ihrem vollen Glanz erstrahlte. Die Herzen der Menschen verbanden sich. Es brauchte keine Säulen mehr, damit die Magie zurückkehren konnte. Sie brauchten auch keine Magie, denn sie waren die Magie und spürten, wie sie davon durchdrungen waren.

Eldaron sprach: „Wir sollten feiern." Alle lachten und begaben sich auf den Weg ins Dorf.

Mia blieb bei der Quelle, zog ein kleines Gefäß hervor, tauchte es ein, um es anschließend Maximilian zu geben, damit auch dieser in seine Welt zurückkehren konnte und sie in einem neuen Glanz erstrahlen lassen konnte.

Ein riesiges Feuer wurde im Dorf entzündet. Es wurde getrunken, gesungen und getanzt.

Layla schaute sich unter den Anwesenden um. Jeder von ihnen kannte sein Schicksal. Die Frauen im Dorf behüteten mit Eldaron die Wasserquelle und Elilia schloss sich ihnen an. Andrella und Patrek haben zusammengefunden und werden ihr Leben im Dorf Klenarl verbringen. Jess-K würde zur richtigen Zeit König werden. Isia wird an seiner Seite sein und die mächtigste Magierin aller Zeiten sein. Maximilian und Mia werden bald in ihre Welt zurückkehren und dort ein glückliches Leben führen. Arow hütete den Drachen. Kaylan wurde direkt aus der Wasserquelle zurück zum Rat der Ältesten geholt und war ebenfalls geheilt. Layla sah, wie glücklich alle waren. Sie atmete tief durch, denn sie spürte Traurigkeit in ihr aufsteigen. Nur sie schien allein zu sein.

In dem Moment trat ein Mann aus dem Dunkeln hervor. Seine Kapuze hing tief ins Gesicht. Die anderen hielten inne und schauten zu dem Fremden, der ans Licht des Feuers herantrat, stehenblieb und seine Kapuze nach hinten zog. Es war ein Krieger mit kurzen dunklen Haaren und dunklen Augen, in denen Layla sofort das Gefühl hatte, sich darin verlieren zu können. Er schaute sie an, nachdem sie die einzige war, die auf einer Bank saß und nicht tanzte. „Ich komme von weit her und suche einen Unterschlupf für heute Nacht. Kann ich mich an Eurem Feuer aufwärmen?" Layla stand auf und reichte ihm einen Kelch mit Wein. „Natürlich. Ihr seid hier herzlich willkommen." Ihre Blicke trafen sich und es war, als hätte ein Blitz sie getroffen. Layla hatte das Gefühl, dass dieser Mann ihr Schicksal war, dass auch sie ein glückliches Leben mit jemand an ihrer Seite verbringen durfte. Der Mann trank einen Schluck Wein, nahm Laylas Hand und zog sie zu den anderen, um gemeinsam ums Feuer zu tanzen.

Two Oneness der Geheimbund

Taschenbuch: 116 Seiten
Verlag: BOD April 2017
Sprache: Deutsch
ISBN-10:   3744802655
ISBN-13:   978-3-7448-0265-9
Format: 12,7 x 20,3 cm

„Schau unter die Oberfläche", warnt Meister Chen Lui die Autorin Alexa Meave, die sich in den Hollywoodstar Knox Reeves verliebt.
Deren Liebe scheint perfekt zu sein, bis Alexa durch das Auffinden eines Raumes für Rituale entdeckt, dass Knox Mitglied des Geheim- bundes der Tempelbruderschaft ist. Sie wird dadurch zu einer ernsthaften Bedrohung.
Master X, der Anführer des Geheimbundes, dessen Kräfte das Weltliche weit übersteigen, beschwört eine jahrhundertalte dunkle Macht, die "Black Source" herauf, die selbst die Mitglieder des Geheimbundes in Todesangst versetzt. Knox benutzt ein Druckmittel, um ihrer beider Leben zu retten und entdeckt dabei Alexas dunkles Geheimnis

Das vernebelte Vermächtnis

Taschenbuch: 132 Seiten
Verlag: BOD Dez 2016
Sprache: Deutsch
ISBN-10:   3743128012
ISBN-13:   978-3743128019
Format: 14,8 x 21,5 cm

Eine dunkle Prophezeiung überzieht das Land. Königstochter Isia soll zur mächtigsten Magierin heranwachsen und die Welt in den Untergang stürzen. Eine Armee der Untoten, erschaffen von den Druiden, mit dem Auftrag, Isia zu töten, um die Prophezeiung abzuwenden. Nur ein magisches Amulett eröffnet den Zugang zur Quelle aller Magie, deren Versiegung die einzige Möglichkeit ist, die Untoten zu vernichten. Dabei tritt ein unbekanntes magisches Volk in Erscheinung. Ein schicksalhafter Wettlauf beginnt.

Die verborgene Verdammnis

Taschenbuch: 148 Seiten
Verlag: BOD April 2016
Sprache: Deutsch
ISBN-10: 3837095223
ISBN-13: 978-3837095227
Format: 14,8 x 21,5 cm

Der Kerker des Vergessens wurde aktiviert. Dadurch vergisst ein ganzes Volk, dass König Kaylan noch lebt. Als Layla die Täuschung erkennt, muss sie den Weg der dunklen Magie meistern, auf welchem sie die Verdammnis hinter sich her zieht. Sie reißt nicht nur ihre Welt, sondern auch parallele Welten mit in den Untergang. Der Rat der Weisen schreitet ein, doch die Verdammnis ist schon zu weit fortgeschritten.

Die verwunschene Prophezeiung

Taschenbuch: 132 Seiten
Verlag: BOD Juli 2016
Sprache: Deutsch
ISBN-10: 3839152054
ISBN-13: 978-3839152058
Format: 14,8 x 21,5 cm

Eine dunkle Prophezeiung überzieht das Land. Königstochter Isia soll zur mächtigsten Magierin heranwachsen und die Welt in den Untergang stürzen. Eine Armee der Untoten, erschaffen von den Druiden, mit dem Auftrag, Isia zu töten, um die Prophezeiung abzuwenden. Nur ein magisches Amulett eröffnet den Zugang zur Quelle aller Magie, deren Versiegung die einzige Möglichkeit ist, die Untoten zu vernichten. Dabei tritt ein unbekanntes magisches Volk in Erscheinung. Ein schicksalhafter Wettlauf beginnt

Die verlorene Legende

Taschenbuch: 146 Seiten
Verlag: novum pro (Mai 2014)
Sprache: Deutsch
ISBN-10: 399038127X
ISBN-13: 978-3990381274
Format: 13,5 x 0,9 x 21,5 cm

Um ihrem Volk Wohlstand und Frieden zu bringen, muss Layla die verlorene Legende entdecken. Mystische Rätsel, versteckte Hinweise und magische Ereignisse führen Layla in einen unterirdischen Tunnel voller Gefahren, aus dem es kein Entrinnen mehr gibt.

Der versiegelte Fluch

Taschenbuch: 130 Seiten
Verlag: novum pro (November 2014)
Sprache: Deutsch
ISBN-10: 3990386964
ISBN-13: 978-3990386965
Format: 13,5 x 0,8 x 21,5 cm

Der Tod von Kaylans Vater löst einen uralten Fluch aus. Nachdem eine unüberwindbare Felswand zu Laylas Reich erscheint, steigt ein Drache aus Kaylans Körper hervor. Um den Fluch zu lösen, muss Kaylan durch den Vorhang der Zeit in eine Welt der Hohepriester reisen. Dort wartet auf Kaylan ein böses Erwachen.

www.monikalautner.com